author
kimimaro
illust.もきゅ
6
JN131101
家で無能と言われ続けた俺ですが、
世界的には
超有能
だったようです

「どうだ、ノア？」
ライザ

シエル
「どうかしらね？」

「何を見ているんですか？」

クルタ

ジーク（ノア）

俺は剣を通して
魔法を王の体内へと流し込む。
聖と魔、光と闇。
「負けられない……!!」

contents

GA文庫

家で無能と言われ続けた俺ですが、世界的には超有能だったようです 6

kimimaro

GA文庫

カバー・口絵・本文イラスト
もきゅ

第一話　竜の街チーアン

大陸の東側を占める人間界。

そのちょうど中心部に聳えるのが、霊峰として知られるララト山である。

人間世界における最高峰で、扇を返したような美しい山体と山頂を覆う万年雪で有名だ。

今回、昇級試験の討伐対象となったゴールデンドラゴン。

マスターの話では、それを筆頭にたくさんのドラゴンがこの山に住み着いているらしい。

「見えてきたね……！」

ラージャの街から、馬車に乗っておよそ五日。

草木もまばらな荒野を進んでいくと、やがてその彼方に巨大な山体が見えてきた。

雲をも貫く黒々とした山体とまばゆいばかりに白い冠雪。

そのコントラストが実に見事で、何とも雄大な風景である。

エクレシア姉さんがいたらきっと、即座にスケッチを始めていただろう。

俺も時間さえあれば、絵に残したいぐらいだ。

「この山のどこかに、ゴールデンドラゴンがいるんだな」

「なかなか、探すのに骨が折れそうですね」

次第に近づいてくる山の大きさに、困った表情をするロウガさんとニノさん。

するとここで、クルタさんが笑いながら言う。

「それなら心配ないよ。ドラゴンはほとんどが南側の谷に住んでるから」

「ん？　何だか知ったような口ぶりだな？」

「まあね、前にワイバーンの討伐に来たことがあるんだ」

腰に手を当てて、自慢げに語るクルタさん。

なるほど、前にも来たことがあるというならいろいろと心強いな。

俺がそんなことを思っていると、姉さんが軽く釘を刺すように告げる。

「今度の依頼は、あくまでもお前の試験だぞ。あまり頼りすぎるなよ」

「大丈夫だよ、わかってるって」

「むしろ、ライザの方が手を貸さないように気を付けたら？」

「……どういうことだ？」

「だって、ジークが追い詰められたらすぐに手が出るでしょ？」

クルタさんにそう言われて、姉さんの眉間に深い皺が寄った。

言われてみれば、ここ最近の姉さんは俺に対してずいぶんと優しかったからなぁ。

実家であれだけ俺のことをしごいていたのが嘘のようである。

本人にもその自覚はあったのか、クルタさんの指摘に対してビクッと肩を震わせる。

「そ、そんなことはない！　私は厳しい姉だからな！」

「ならいいけど。変なとこでケチがついて、ジークが不合格なんて困るからね」

「ふん、心配するな！　大丈夫だ」

そうこう言っているうちに、山の麓(ふもと)に広がる街が見えてきた。

へえ、これはちょっと変わった街並みだな……。

大陸ではあまり見られない建築様式の家々が、山肌に沿うようにして立ち並んでいる。

東方風の建物に似ているが、俺の知っているものとはどことなく違う感じだ。

「あれは……ダージェン帝国の建物に似てますね」

「ダージェン？　東方にあるのはアキツじゃなかったか？」

「東方と言っても広いんです。アキツ以外にも国はありますよ」

ロウガさんの問いかけに、いささかムッとした様子で答えるニノさん。

ダージェン帝国か……。

俺も名前だけは聞いたことのある東方の大国である。

ここ最近は交流が途絶えてしまっているが、かつては大陸とも貿易を行っていたはずだ。

フィオーレ商会でも、帝国産の物品を取り扱っていた覚えがある。

「あの街はチーアンって言ってね。何でもその昔、東方から来た人たちが造ったらしいよ」

「へえ、それで。街の名前もどことなく違ってますね」

やがて道は緩やかな上り坂となり、馬車は崖に沿いゆっくりと街に向かって上っていく。

ゴールデンドラゴンがいるとのことだったが、周囲にはひなびた空気が流れていた。

時折見える段々畑も、特に荒らされているような形跡はない。

あまりにのどかで、少し不気味なくらいだ。

「特に変わった様子はねーな。ゴールデンドラゴンが暴れてるって話だったが……」

「そうだねー、結構いい雰囲気。それに、この匂いは……」

スンスンと鼻をひくつかせるクルタさん。

俺もそれにならって匂いを嗅ぐと、ほんのりと硫黄の香りがした。

耳を澄ませば、水が流れる音も聞こえてくる。

どうやら、温泉が湧いて川のように流れているらしい。

「こいつはいいな、街に着いたらすぐ入ろうぜ。汗かいちまったよ」

「その前に、依頼人と合流しないといけませんよ」

「そうですね。えーっと、確かこの街の宿にいるはずですけど……」

依頼人が指定してきた合流場所は、ラフト山の麓にある宿屋であった。

この山の周囲には、このチーアン以外の街はない。

そのため、この街の宿にその人物はいるはずなのだが……。

馬車から降りた俺たちは、さっそく宿屋らしき建物を探して通りを歩き始める。

「というか、ずいぶんとアバウトな指定だよな。ほんとにちゃんと合流できるのか？」

「だよね。そもそもその依頼人さんって、名前も伏せてるんでしょ？　大丈夫かなぁ」

ゴールデンドラゴンの討伐を依頼人と共に行うこと。

それが今回、Ａランク昇級試験として俺に課された依頼内容であった。

しかし、依頼人の名前はいまのところ非公開。

ギルドを通じた依頼であるため、素性は確かなようであるが……。

やはり、どうにも怪しい依頼だ。

そもそも、ここで伏せたところで実際に会う時にはわかる話である。

そうまでして身元を隠したい人物なんて……誰かいるのかなぁ？

俺は何となく嫌な予感がしてしまう。

「この手の依頼を出すのは、ほとんどの場合は貴族だな。ひょっとすると王族かもしれん」

「お、王族？　いや、まさか……」

「あり得なくはないぞ。ドラゴン討伐ともなれば、国が絡むこともあるからな」

そう語るライザ姉さんの顔には、確かな説得力があった。

実際、そういったケースもたくさんあったのだろう。

ドラゴン討伐といったら、英雄譚の代名詞みたいなものだもんなぁ……。

我ながら、よく引き受けたものだ。

「うぅ、ちょっと緊張してきた……」

「なーに、気にすることなどない。堂々としていればいいのだ」

「そんな、なかなか姉さんみたいにはできないよ」

そう言ったところで、通りの先に大きな三階建ての建物が見えてきた。

その入り口には大きく「白龍閣（はくりゅうかく）」と看板が掲げられている。

構えと雰囲気からして、恐らくはここがこの街の宿屋だろう。

赤い土壁と木の柱が美しい、異国情緒あふれる建築物だ。

「さて、どんな人がいるのかな……」

期待と不安の両方を抱きながら、俺はゆっくりと宿の扉を押し開いた。

するとそこに待ち受けていたのは——。

「早かったじゃない、流石（さすが）ノアね」

「シ、シエル姉さん⁉」

宿のエントランスで優雅にくつろぐ、シエル姉さんであった。


——○●○——

「な、何でシエル姉さんが⁉」

予想すらしていなかった身内の登場に、俺は思わず大きな声を出してしまった。

いったいどうして、こんなところにシエル姉さんがいるのか。

もしかして、また俺のことを追いかけてきたのか？

これにはライザ姉さんも驚いたのか、即座に問いかける。

「シエル、帰ったはずではなかったのか？　流石に二度目は往生際が悪いぞ」

「ふん、違うわよ。私はノアに依頼を出しただけ」

「え？　ということはもしかして……姉さんが依頼人だったの⁉」

たまらずひっくり返りそうになった俺に対して、シエル姉さんはゆっくりと頷いた。

嘘だろ、なんでまたそんなことに。

そもそもシエル姉さんなら、俺に頼らずともドラゴン討伐ぐらい何とかなるだろう。

仮に手助けが必要だとしたって、俺以外にも伝手はいくらでもあるはずだ。

賢者の要請ならば、騎士団だって動かせるのだから。

「いったい何のつもりだ？　プライドの高いお前が、ノアに助けを求めるとは」

「プライド高いって、ライザにだけは言われたくないわよ。単純に、ノアの力が必要なだけ」

「俺の力がですか？」

「ええ」

そう言うと、心を落ち着かせるようにふうっと息を吐いたシエル姉さん。

彼女に促されて、俺たちはエントランスに置かれていた椅子に腰を下ろした。

何とも言えない緊張感がその場に漂う。

やがてその不穏な気配を押し流すように、シエル姉さんが語り始めた。

「私の所属している王立魔法研究所が、ゴールデンドラゴンに襲われたの。で、研究資料として保管されていた巨大魔結晶が強奪された。今回の依頼は、私と一緒にゴールデンドラゴンを討伐してこの結晶を取り戻すことよ」

「……でも、どうしてそれにジークの力が必要なのさ？」

「いろいろと厄介な状況になっちゃったからね」

シエル姉さんの額に、深い皺が寄った。

ゴールデンドラゴンというのは、そんなに厄介な種なのであろうか？

強力なドラゴンの一種としか知らなかったのだが、何だかいろいろと訳がありそうな雰囲気だ。

「ゴールデンドラゴンは、恐らく魔結晶から魔力を抜いて自分の肉体に溜め込んでるわ。こんな魔力の塊みたいな奴を魔法で攻撃したら、最悪の場合、大爆発が起きるわよ」

「それで、シエル姉さんだけでは対処ができないと」

だがそれなら、俺でなくとも剣士を雇えばいいのではないだろうか？

そう思って怪訝（けげん）な顔をすると、姉さんはさらに続ける。

「ええ。加えて、ゴールデンドラゴンの鱗（うろこ）は魔力を通した剣じゃないと斬れないの」

「……つまり、爆発しないように最低限の魔力だけを剣に通して戦えと？」

俺がそう確認すると、シエル姉さんは深々と頷いた。

言葉にすると簡単だが、これってかなり高度な要求なんじゃないか……？

確かにこれは、魔法剣を使うことのできる俺ぐらいにしか無理かもしれなかった。

「さらに言うと、どれだけの魔力を通せばいいのかは状況次第よ。だから、魔剣を使って常に一定の魔力を出すってわけにもいかないわ」

「そりゃまた、だいぶ難しい……」

「だから、ノアにしか頼めないのよ。純粋な剣技ならライザだけど、魔力の操作ができないからね」

なるほど、姉さんが何を考えて俺を呼んだのかはだいたいわかった。

しかしどうしたことだろう。

理由を語ったというのに姉さんの顔はどことなくすっきりしない。

そのことをライザ姉さんも不思議に思ったのか、尋ねる。

「どうした？　煮え切らない顔をして」

「別に何でもないわ。ただ、流石に難しい仕事になるだろうと思って」

「いつも自信満々なシエルらしくないな」

「そりゃ、私だって悩むことぐらいあるわよ。脳筋（のうきん）な誰かとは違って」

「なっ！　姉に対して、何を言う⁉」

たちまち始まる言い争い。

まったくもう、姉さんたちはいつも一言多いんだから！

何人か集まると、すぐに喧嘩（けんか）を始めちゃうんだよなぁ……。

どうして姉妹同士で仲良くすることができないんだか。

大事にならないうちに、俺はさっさと話題を切り替えようとする。

「あー、それは良いとして！　シエル姉さんが研究所のために仕事するなんて、珍しいですね？」

「そう？」

「だって姉さん、普段は何を言われても研究所の手伝いとかしないのに」

一応、王立魔法研究所に所属しているシエル姉さん。

しかし実際のところは、年に数回の学会に顔を出す程度のことしかしていなかった。

それ以外はもっぱら、自宅の研究室で魔法の研究に励んでいる。

そのため研究所への帰属意識などまるでなく、向こうから何か要請があった際もほとんど断っていた。

彼女が賢者の称号を持っていなければ、とっくの昔に追い出されていたことだろう。

「そういうことか。ま、今回奪われた魔結晶の作製には、私もちょっと嚙んでたからね」

「作製？　人工的に作られたものなんですか？」

「そうよ。小さい魔結晶をたくさん集めて、大きな魔結晶に合成し直すって研究をしてたの。まさか、それがドラゴンに眼を付けられるとは思ってなかったんだけど」

どこか乾いた笑みを浮かべるシエル姉さん。

やはりまだ、何かありそうである。

けどこういう時の姉さんって、質問しても素直に答えてくれないんだよな。

俺は好奇心をグッと抑え込むと、何も気づかないふりをして言う。

「……それで、討伐にはいつ出かけるの？」

「ノアたちの旅の疲れが癒えたら、すぐにでも」

「たちってことは、俺たちも一緒に行くのか？」

「ええ。ララト山にはゴールデンドラゴン以外にも厄介なのが住み着いてるわ。だから露払いをお願い」

シエル姉さんがそう言うと、ロウガさんたちは任せておけとばかりに胸を張った。

Aランクのクルタさんに、Bランクのロウガさんとニノさん。

そして、剣聖であるライザ姉さんが露払いとは何とも贅沢な布陣である。

「そういうことなら、今日のところは休むことに専念するか」

「だね。この街のダージェン料理は絶品だよー！」

「へえ……。お姉さまがそう言うなら、きっと素晴らしいんでしょうね！」

「それじゃ、ひとまずは解散ってことで。部屋はもう取ってあるわ、あっちよ」

こうして俺たちは、それぞれの部屋へと向かうのであった。


——○●○——


「あー、うめえ！　ダージェン料理ってのも大したもんだな！」

宿に到着してから数時間後。

俺たちとシエル姉さんは、ともに食卓を囲んでいた。

大きな円卓に所狭しと並べられた料理。

華やかで異国情緒あふれるそれは、どれも濃厚な味わいで非常にうまかった。

特に「肉まん」という料理は食べやすく、ついつい手が伸びてしまう。

他にも、鳥の皮をパリッと香ばしく焼いた料理なども絶品だ。

「おいしいからって、少し食べすぎですよ？」

「いいじゃねえか、出るのは明後日なんだしよ」

そう言うと、ロウガさんは身体をほぐすように大きく伸びをした。

そして残っていた料理を平らげると、満足げに腹を擦る。

「ふぅ、食った食った！　いい気分だ！」

「ふあぁ……ボクは何だか眠くなってきたよ」

小さくあくびをすると、眠たげに瞼を擦るクルタさん。

スープを飲み干した彼女は、周囲の食器を軽く片付けた。

そして、俺たちより一足先に席を立つ。

「じゃ、お風呂済ませてもう寝るね」

「あ、私もついていきます！」

こうして、連れだって食堂を出ていくクルタさんとニノさん。

二人がいなくなったことで、一気にその場が静かになった。

やがてその静寂に耐えかねたように、ライザ姉さんがふとつぶやく。

「……そういえばこの宿、私たちとシエル以外はいないようだな」

「言われてみれば、そうですね」

広々とした造りの食堂には、俺たちが利用しているのと同じ円卓が五台も備えられていた。

さらにもう一回り小さな椅子とテーブルのセットが、窓際にずらりと並べられている。

しかし、いま食堂にいるのは俺たちだけ。

時間もちょうど夕食時だというのにである。

「大方、ゴールデンドラゴンの噂を聞いてお客が逃げたんじゃないか？」

「それはそうですけど……。ちょっと不自然な気もしますね」

「ま、そんな気にすることでもねえだろう。どっちにしろ、明後日には出ていく宿だ」

あっけらかんとした様子で告げるロウガさん。

確かにその通りなのだが、俺としてはやはり理由が気になってしまう。

けどまあ、そんなこと調べているような時間もないし……。

「俺もそろそろ寝るか。ジークたちも早く寝ろよ」

「ええ、おやすみなさい」

「私も寝るか。よし、行くぞノア」

「ちょっと、どさくさに紛れて何しようとしてるんですか！」

スッと手を引いてきた姉さんに、すかさずツッコミを入れる俺。

少しお酒が入っているせいか、いつも以上に調子がいい。

「まったくノリが悪いな」

「姉さんの方が、こんな時に呑みすぎだよ」

「大丈夫だ、このぐらい……」

「えええええ～～っ!!」

「なんだ⁉」

どこからか響いてきた悲鳴。

この声は間違いない、クルタさんだ！

それに遅れて、ニノさんの怒号もはっきりと聞こえてくる。

「こっちは……部屋からだな！」

「急ぎましょう！　なんかまずそうな雰囲気です！」

こうして大慌てで部屋に向かうと、廊下に立ち尽くすクルタさんとニノさんの姿があった。

扉は開け放たれていて、たちまち荒れた部屋の様子が目に飛び込んでくる。

外から何かが飛んできたのだろうか？

窓のガラスが割れていて、床一面に破片が散乱してしまっていた。

「おいおい、何だこりゃ？　今日はそんなに風なんて強くなかったが……」

「……これを見て。事故じゃなくて、事件みたいだよ」

そう言ってクルタさんが拾い上げたのは、くしゃくしゃに丸められた紙だった。

広げてみると、ひどい癖のある字で「ドラゴンには手を出すな」とだけ記されている。

いったい何なのだろうか、これは？

突然のことに俺たちが動揺していると、不意に後ろから声が聞こえてくる。

「あー……ノアたちのとこにも来ちゃったか」

「何か、知ってるんですか？」

「まあね。私もここに来た日にやられたから」

そう言うと、シエル姉さんはやれやれとため息をついた。

そして壁にもたれかかると、ゆっくり語り始める。

「このチーアンに住む人たちが、竜族を信仰してるのは知ってる？」

「ええ、クルタさんから聞きました」

「なら話が早いわ。その信仰している竜というのがね、よりにもよってゴールデンドラゴンなのよ」

それはまた、何とも厄介なことになったというか……。

俺はたまらず眉(まゆ)を顰(ひそ)め、渋い顔をした。

クルタさんやロウガさんたちも同様に、おいおいと困り顔をする。

「……どうしてそれを早く言ってくれなかったんですか！」

「知らない方がいいと思ったからよ。幸い、討伐に反対しているのも一部の人だけだしね」

「だからって、言わないのはどうかと思いますよ」

「そうだよ。事前に言っといてくれれば、気を付けることもできたのに」

フンッと鼻を鳴らして、不満をあらわにするクルタさん。

実際に事件を防げたかどうかは怪しいが、こうなってしまっては文句を言うのは当然である。

部屋が荒らされるどころか、もっと重大な事件につながる可能性だってあったのだ。

流石のシエル姉さんも申し訳ないと思ったのか、渋々ながらも頭を下げる。

「悪かったわ、ごめんなさい」

「わかればいいのだ、わかれば」

「だがこうなると、宿の外には出ない方がいいな。温泉もやめといた方がいいか……」

「むむ、やむを得ないですね。お姉さまと入るのを楽しみにしてたのですが」

チーアンに到着した時に見かけた温泉。

宿の人の話では、源泉かけ流しの立派な共同浴場があるという話だったのだが……。

残念だが、この様子では出かけない方がいいだろう。

街ではできるだけ大人しくして、依頼が済んだらさっさと立ち去るよりほかはなさそうだ。

「それよりシエル姉さん、念のため聞いておきたいんだけど」

「なに？」

「ゴールデンドラゴンは討伐しなければならないんだよね？」

「……ええ、もちろん」

俺のこの問いかけに対して、シエル姉さんはわずかに遅れながらもしっかりと頷いた。

その眼には一点の曇りもなく、嘘も迷いもないようである。

遅れがやや気になったものの、俺は安心してほっと息をつく。

ライザ姉さんも特に異常はないと判断したらしく、落ち着いた顔をしていた。

「ならいいんだけど」

「安心して。変なことにノアやライザを巻き込んだりしないわよ」

そう言うと、ゆっくり休むように言い残して歩き去っていくシエル姉さん。

俺たちは片付けを済ませると、ひとまずはそのまま眠りにつくのだった。

若干の不信感と不安を抱えながら——。

第二話　いざ、竜の谷へ！

「さてと、いよいよ出発だな」

「結局、昨日は丸一日宿に籠(こ)もる羽目になりましたね」

翌々日。

俺(おれ)たちはいよいよドラゴン討伐に出発するべく、宿の前の広場でシエル姉さんを待っていた。

昨日たっぷりと休息を取ったおかげで既に気力は十分。

皮肉なことだが、宿から出られなかったおかげで休養のみに専念することができた。

こうしていると、旅装に身を包んだシエル姉さんが姿を現す。

山歩きに備えてか、普段のローブ姿とは違った雰囲気だ。

「お待たせ！　準備にちょっと時間かかっちゃったわ」

「遅いぞ。……ん、荷物は？」

「全部マジックバッグに入れてるから問題ないわ」

そう言うと、姉さんは懐(ふところ)から一枚の地図を取り出した。

かなり古いもののようで、紙の折れ目に沿って茶色く変色してしまっている。

「それは？」

「ララト山の地図よ。この南側に竜の谷って書いてあるでしょ、ゴールデンドラゴンが住んでるのはそこよ」

姉さんが指さしたのは地図の下、チーアンから見て南東に当たる方角であった。

地図の等高線が大きくえぐれていて、かなり大きな谷があるのがわかる。

前に事件が起きたラズコーの谷よりも、規模は大きいのではなかろうか？

しかもその手前には、等高線の張り出した大きな尾根があった。

なかなかの難所のように見える。

「こりゃ、谷にたどり着くだけでも大変だな」

「一度、山の上の方まで登って尾根伝いに下りていくのが確実かしら」

姉さんにそう言われて、俺たちは山の上方へと視線を向けた。

白く降り積もった雪は美しいが、間違いなく極寒の地だろう。

一応、ララト山はかなりの高山なのでそういった準備もしてきているのだが……。

できれば、あまり行きたくない場所ではある。

「あれ、前に出かけたときは竜の谷へ抜ける洞窟（どうくつ）があったような……」

ここでクルタさんが、何かを思い出したようにつぶやいた。

そして姉さんから地図を奪うと、竜の谷とチーアンとを隔てる尾根の中腹部分を指さす。

ちょうどそこには「黒雲洞（こくうんどう）」と地名のようなものが記されていた。

「そこはダメよ。中が迷路みたいになってて、地元の人の案内がないと通れないの」

「あー、地元からの協力は得られないですもんね……」

「ま、最近は質（たち）の悪いモンスターが住み着いてるらしいから、どっちにしても厳しいわ」

やはり、素直に山を登って尾根を通るしかなさそうだ。

俺たちは覚悟を決めると、改めて山頂を見上げる。

普段なら美しく見えるであろう山肌が、今だけは行く手を阻む巨大な壁のように見えた。

「こうなったら、とにかく行くしかないですね」

「ああ。やるしかねえな。」

「あ、ちょっと！　ボクが先頭だよ！」

そう言ってみんなの前に立つと、元気よく先導を始めるクルタさん。

前に来たことがあるというだけあって、その足取りは確かなもの。

俺たちは素直に彼女に続いて、村の通りを抜けて山道を登り始める。

さて、いったいどんな敵が待ち受けているのだろうか？

俺の心は期待半分、不安半分といった有様だった――。


――○●○――

「ふぅー！　だいぶ高いところまで来たね！」

「いつの間にか、街があんなに小さく……」

山道を登り続けること二時間ほど。

岩場を抜けて開けた場所へとたどり着いた俺たちは、ふと足を止めて周囲を見渡した。

遥か下方へと視線を向ければ、チーアンの家々が豆粒ほどに小さく見える。

いつの間にか、相当高いところまで来ていたらしい。

天を仰げば、雲がいつもよりずっとずっと近い場所に見える。

「うぅ、そろそろ風が冷たくなってきたね。雪も深くなってきたし」

「はいこれ。持っていれば暖かいわ」

そう言うと、シエル姉さんはマジックバッグの中から赤い魔石を取り出した。

手にすっぽり収まるほどのそれには、簡素ながらも魔法陣が刻み込まれている。

受け取るとたちまち、暖かな空気が全身を包み込んだ。

「こりゃすげえ！　こいつ一つで、全身があったかくなるのか！」

「流石は賢者様ですね」

「まあね！　定期的に魔力を補充する必要があるけど、これさえあれば防寒着はいらないわ」

自慢げにそう告げると、暖かさをアピールするように走り出すシエル姉さん。

よっぽどの自信作なのだろう、両手を大きく広げてずいぶんとご機嫌である。

しかしここで、彼女は足元の雪で足を滑らせてしまう。

「あわっ⁉」

「姉さんっ⁉」

俺は慌てて姉さんに駆け寄ると、倒れかけた身体を何とか受け止めた。

危ない危ない、こんな岩だらけのところで転んだらタダじゃ済まないぞ。

俺がたまらず冷や汗をかいたところで、ライザ姉さんが呆(あき)れたように言う。

「まったく、何をやっているんだ」

「ちょっと失敗しただけよ、ちょっとだけ！」

らしくない失敗がよほど恥ずかしいのか、顔を赤らめるシエル姉さん。

やがて彼女は登山用のブーツを取り出すと、誤魔化(ごまか)すように早口で語り出す。

「……暖かくなっても、雪が消えるわけじゃないわ。だから足元だけはしっかり準備をして。みんな、靴は持ってきてるわよね？」

「もちろん、全員分ありますよ」

俺はすかさず、マジックバッグの中から預かっていた全員分のブーツを取り出した。

ラララト山はかなりの高山であったため、深い雪に備えて用意してきたのである。

靴底には鉄製のチェーンがついていて、雪に食い込むようになっている。

「んじゃ、さっさと履(は)いて……ん？」

「ロウガ、どうしました？」

「妙な音がしねえか？」

「え？　言われてみれば、ゴーって聞こえてくるような」

耳に手を当てて、怪訝(けげん)な顔をするクルタさん。

俺も彼女にならって耳を澄ませてみると、微(かす)かに地鳴りのような音が聞こえてくる。

これはもしや……。

恐る恐る視線を上げると、遥か上方に白い煙のようなものが見えた。

しかもそれは、山肌に線を引きながら猛烈な勢いで迫ってくる。

間違いない、これは、これは……!!

「な、雪崩(なだれ)だあああぁ!!」

大自然の白い脅威が、猛然と迫ってくるのだった。


――○●○――


「ひいぃっ!?　あんなのどうするのさ!?」

迫りくる雪崩を前に、悲鳴を上げるクルタさん。

周囲を見渡すが、あいにく逃げ場となるような岩などはなかった。

こうなったら、どうにか自力で凌ぐより他はない。

「シエル姉さん、結界は？」

「張れるけど、ちょっと不安かも！」

「ノア、私と一緒に斬るぞ！」

「わかった！」

こうして剣を構え、並び立つ俺とライザ姉さん。

――集中。

ともに深く息を吸い込むと、意識を剣先に向ける。

臍下丹田に力を込めて、全身の気を充実させた。

俺はさらに魔力を身体全体に行き渡らせ、二重に身体強化をする。

普段は反動がきついのでやれないが、今ばかりは全力を出す必要がある。

出し惜しみは一切なしだ。

「来るぞ!!」

「はいっ!!」

迫りくる白い波濤。

山肌が小刻みに震え、ゴーッと猛烈な地鳴りが響いてくる。

ここで止めないと、俺たちみんな呑み込まれるぞ……!!

俺と姉さんは軽く目配せをすると、息を合わせて剣を振るう。

「天斬・弧月!!!!」

俺たち二人の声が揃った。

剣が美しい半月を描き、青白い斬撃が放たれる。

――疾走。

光が一直線に駆け抜けて、瞬く間に雪崩が割れた。

「よしっ!!」

先日の大波と違って、割れた雪崩はそのまま両脇へとそれていった。

吹き上がった雪が身体を叩くが、大したことはない。

こうして何とか危機を乗り切った俺は、額に浮いていた汗を拭う。

雪山にいるというのに、すっかり汗だくだ。

「どうにか乗り切ったな!」

「ええ。にしても、どうして急に雪崩なんて……」

「さあな、運が悪かったのだろう」

剣をしまって再び歩き始めたライザ姉さん。

だがここで、山の上の方から低い咆哮が聞こえてきた。

風が唸(うな)るようなその音は、前に聞いたドラゴンの声に少し似ている。

まさかさっきのは……!?

そう思った俺が視線を上げると、サッと黒い影が天を横切る。

「ドラゴン……!!」

翼を大きく広げ、悠々と蒼穹(そうきゅう)を舞うドラゴン。

間違いない、こいつがさっきの雪崩の犯人だ！

灰色の鱗(うろこ)をしたドラゴンは俺たちの上空を旋回すると、再び威嚇するように咆哮を上げる。

ビリビリと大気が震えるような大音響に、俺たちはたまらず顔をしかめる。

「こいつが、ゴールデンドラゴンか!?」

「違うわ！　やつは金色の鱗が特徴よ！」

「なら、ボクたちが手を出してもいいってわけだね！」

そう言うと、即座にナイフを構えるクルタさん。

たちまち眼を細めると、慎重に狙(ねら)いを定める。

するとどうしたことであろうか、ドラゴンは小さく吠えてその場から離れていく。

「……逃げた？」

「きっと、お姉さまの気迫に恐れをなしたんですよ！」

「うーん、いくらなんでもそりゃないかなぁ。なんでだろう？」

はてと首を傾げるクルタさん。

ドラゴンという種族は非常に気位が高い。

何かしら理由がなければ、その場から逃亡することなどめったにあるものではなかった。

まして、向こうから雪崩を仕掛けてきたのである。

シエル姉さんもそのことを不可解に思ったようで、軽く腕組みをして考え始める。

「いったい何かしら？　まさかもう既に……」

「む、何か心当たりでもあるのか？」

「……ううん、何でもないわ。とにかく、奴の逃げた竜の谷へ急ぎましょ。嫌な予感がするわ」

どこか煮え切らない返事をするシエル姉さん。

釈然としないながらも、今はそんなことを言っている場合ではなかった。

俺たちは気を取り直すと、再び竜の谷に向かって歩き始める。

雪崩のせいで、周囲は分厚くやわらかな雪に覆われていた。

そのせいで、ちょっと進むだけでも一苦労だ。

「あと少しよ。そろそろ谷が見えてくる頃だわ」

こうして、雪山を進むことさらに数時間。

途中で昼食も挟み、そろそろ夕刻も迫ってくる頃。

とうとう目的地である竜の谷が近づいてきた。

いま登っている高い稜線を越えれば、いよいよ谷が見えてくるだろう。

自然とみんなの足が早まり、我先にと尾根を越えようとする。

そして——。

「おおお!! すごい景色だ……!!」

山肌を深くえぐり取るような谷。

それはさながら、巨大な獣の爪痕のようであった。

さらに谷全体が深い霧と雲で覆われていて、冷えた風が吹き上がってくる。

何とも幻想的で、違う世界に迷い込んだような錯覚さえした。

これが竜の谷か……!

思っていたよりもはるかに神秘的で、そして美しい場所だ。

「こりゃ綺麗だな。柄にもなく感心しちまった」

「うわぁ……。お姉さま、見てください! あそこの花!」

思いもよらぬ絶景に、感嘆しきりのロウガさんとニノさん。

すると経験者であるクルタさんは、二人に釘を刺すように言う。

「確かにいいところだけど、油断しちゃダメだからね。ここ、超危険地帯だから」

「……ああ、巨大な獣の気配が無数にある」

「まあ、見つからなければ大丈夫だけどね。ほら、あれ」

そう言うと、クルタさんは谷底に溜まっている霧を指さした。

どうやら、あれに紛れて移動しようと言いたいらしい。

俺たちは静かに頷くと、さっそく崖に沿うようにして動き始めた。

ゆっくりと慎重に、落ちないように。

かつて誰かが整備したのであろう、崖際の細道。

そこを靴底を滑らせるようにして進んでいくのだが――。

「……この気配は、まさか⁉」

「グアアアァ‼」

霧を吹き飛ばし、次々と姿を現したドラゴンの群れ。

そのあまりの数に、俺たちはたまらず悲鳴を上げるのだった。


――○●○――


「何だこの数は……⁉」

空を埋め尽くすドラゴンの群れに、俺たちは思わず息を呑んだ。

まさか、これほどの数のドラゴンと遭遇しようとは。

予想をはるかに上回る出来事に、思考が停止してしまいそうになる。

「前に来た時は、ワイバーンがいただけだったのに……!!」

「そうなんですか、お姉さま？」

「じゃなきゃ、ボクが依頼達成なんてできないよ！」

「今はそんなこと言ってる場合じゃねえ！　逃げるぞ!!」

サッと手を振るロウガさん。

それに従って、俺たちは全力で走り出す。

しかし、何体かのドラゴンが崖に向かってブレスを放った。

響き渡る爆音、崩れ落ちる大岩。

崖際の道がたちまち土砂で塞がれ、退路が断たれてしまう。

流石はドラゴン、そこらの魔物と違って知恵が回る！

「くっ！　まずいな！」

「見て、あそこ！」

そう言ってシエル姉さんが指さしたのは、崖にできた大きな裂け目であった。

入り口こそ横になって入れる程度の幅しかないが、奥はそれなりに広そうである。

こうなったら、ひとまずあそこに逃げ込むしかないな！

俺たちが大慌てでその中に滑り込むと、即座にシエル姉さんが結界を張る。

「ノアも手伝って！」

「はい！」

俺も姉さんに手を貸して、強力な魔力の壁が入り口に展開された。

これで、しばらくの間は持ってくれることだろう。

とりあえずの危機を脱したことで、俺たちはほっと胸を撫で下ろす。

「何とか全員無事だったな」

「ああ。しかし、まさかあれほどの数のドラゴンがいるとはな」

「うん、明らかに何かおかしいよ」

すっかり困り顔のクルタさんたち。

無理もない、これほどの群れに遭遇するなんて完全に想定外だ。

そもそも、こんな数のドラゴンが一か所に住むことなんてできるのか？

上位のドラゴンは土地の魔力で身体を維持できるそうだが、それにしたって限度はある。

俺が首を傾げていると、ライザ姉さんが結界越しに外の様子を窺いながら言う。

「あそこにいる赤い鱗のドラゴン、あれは火山地帯に住むファイアドラゴンだな」

「言われてみればそうね。雪山にいるような種じゃないわ」

「ほかにもあの緑の鱗は、大森林のフォレストドラゴンじゃないのか？」

「ええ、言われてみれば……」

ドラゴンの群れを見ながら、意見を交わすライザ姉さんとシエル姉さん。

どうやらあの群れには、本来はララト山に住んでいない種が混じっているらしい。

それも、一頭や二頭ではないようだ。

「つまり、大陸中のドラゴンが集まってるってことですか？」

「……そういうことになるわね」

「何だか大ごとになってきましたね。もしかしてこれも、魔族の影響でしょうか？」

不安げな顔でつぶやくニノさん。

彼女の言う通り、こんなことをするのは魔族ぐらいしか考えられなかった。

けど、ドラゴンたちを一か所に集めて何をするつもりなんだ？

まさか、ドラゴンの大群を先兵に人間界へ戦争を仕掛けようとでもいうのだろうか。

あんなものが山を下りて暴（あば）れたら、国の一つや二つは吹っ飛ぶぞ……！

「とにかく、ここはひとまず撤退だな。いくらなんでもあの数は厳しいだろ」

「そうだな……。私とシエルで分担すれば……うーん……」

「いやいや、絶対に無理だよ！」

「そうか？　いけなくはないと思うがな。ノアも三頭ぐらいはいけるとして……」

「おいおい、ドラゴン相手に何を言ってんだ……」

俺たちの会話を聞いて、呆れた顔をするロウガさんたち。

俺は慣れているけれど、やはりロウガさんたちには刺激が強いのだろう。

しかしまあ、姉さんたちがおかしいのは今に始まったことじゃないからな。

やがて話題を切り替えるように、クルタさんが言う。

「それより、早くここを出ないと。さっきから揺れてるよ！」

「このままだと、天井が落ちてくるかもしれません！」

ニノさんがそう言った瞬間、ドォンと雷鳴にも似た音が響いた。

それと同時に、天井からパラパラと小石が落ちてくる。

結界の強度を察したドラゴンたちは、そこではなく周囲の崖を攻撃し始めたようだ。

幸い、この辺りの岩はかなり頑丈なようなのだが……。

先ほど見た崖のように、いつ崩れ落ちてもおかしくない。

「まずいわね。このままじゃ生き埋めになるわ」

「だが、外に打って出るわけにもいくまい」

「そうね、何かあいつらの気を引くようなものでもあれば……そうだ！」

そう言うと、シエル姉さんはマジックバッグの中から大きな人形を取り出した。

これはゴーレムの一種……なのだろうか？

男の子の姿を模しているようで、ご丁寧にきちんと服まで着せられている。

手足の球体関節がなければ、人間と間違えてしまいそうなほどだ。

「何ですか、これ」

「アエリアに頼まれて作った人形よ」

「へえ、マネキンにでも使うんですかね？」

「さ、さあ！　私は言われた通りに作っただけだから！」

なぜか、人形の顔を執拗に手で隠しながら頬を赤くするシエル姉さん。

まだ制作途中で、恥ずかしいのだろうか？

シエル姉さんって、完璧主義だからそういうこと気にするもんなぁ。

俺がそんなことを思っていると、ライザ姉さんが心底呆れたようにつぶやく。

「アエリアはまたそんなものを作らせたのか……」

「まあいいじゃない。今回ばかりは助けられたわ」

「でも、そんな人形一体でドラゴンの気を引けるの？」

人形を見ながら、訝しげな顔をするクルタさん。

彼女の言う通り、たった一体の人形でドラゴンの群れを引き付けられるものなのだろうか？

するとシエル姉さんは、ふうっとため息をついて言う。

「それについては平気よ。この人形の動力には、高純度の魔結晶が使われてるの。間違いなくドラゴンを引き付けられるわ」

「けど、すぐに壊されたりしない？」

「そこも心配なし、姉さんのオーダーですっごく頑丈にしてあるから」

いったい、そんな人形を何に使うつもりだったんだ？

俺は思わず首を傾げたが、再び姉さんに「知らなくていい」と釘を刺されてしまった。

知らなくていいって、それってシエル姉さんは理由を知ってるってことじゃないか？

さっきと言っていることが矛盾しているぞ。

俺の中でますます疑問が深まっていくが、ここでライザ姉さんがポンと俺の肩を叩く。

「いいか、ノア。知らなくて良いことを知るのも、大人になるということなんだ」

「はぁ……」

「とにかく、その人形でドラゴンどもの気を引いて一気に逃げるぞ！　時間がない！」

そう言って、場を取りまとめたライザ姉さん。

こうして俺たちは竜の谷からの脱出作戦を開始するのだった。

――○●○――

「よし、こっちは準備完了だ。いつでも破れるぞ」

天井の岩に向かって剣を構えながら、声を掛けてくるライザ姉さん。

俺たちはそれに頷くと、改めて結界の外の様子を窺った。

人形で敵の注意を引き付けているうちに、ライザ姉さんがこじ開けた別の出口から脱出する。

それが、俺たちが相談して決めたここからの脱出作戦だった。

いろいろな面で危険度の高い作戦だが、これが今できる最大限である。

「人形の準備はできてるわ。ロウガさんはどうかしら？」

「任せろ。降ってくる岩は俺が防いでやる」

「じゃあ打ち合わせ通り、ライザが穴をこじ開けたらロウガを先頭に突っ走って。私もすぐ追いかける」

シエル姉さんの言葉に、俺たちは揃って頷いた。

さあ、いよいよ勝負の始まりだ……！

俺がゴクリと息を呑むと同時に、シエル姉さんが結界を解除した。

そして横になっていた人形が立ち上がり、ぎこちないながらも走り出す。

「はあああぁッ‼　天斬・弧月‼」

人形の動きに合わせて、放たれる青白い斬撃。

たちまち天井が粉砕され、外へと通じる穴ができた。

降り注ぐ岩をロウガさんが大盾で防ぎ、そのまま勢いよく駆けていく。

俺たちもその後に続いて、道なき道を突き進む。

「やれやれ、何とか出られたな！」

「ロウガさん、大丈夫ですか？」

「ああ。ちょっと凹んじまったけどな」

何とか外に出たところで、足を止める。

落石に耐えたロウガさんの盾は、表面がすっかり傷だらけになっていた。

堅牢な盾にできた無数の凹みは衝撃の激しさを物語っている。

「さ、このまま一気に安全なところまで走り切るよ！」

「そうですね、止まってる暇はありません！」

再び走り出すクルタさんたち。

俺もそれに続こうとすると、ライザ姉さんとシエル姉さんが外へと出てきた。

二人とも、うまく脱出することができたようである。

再び合流した俺たちは、全速力で雪原を駆け抜けていく。

「くそ、雪で思ったより速度が出ねえ！」

「頑張れ！　あの尾根を何とか越えるんだ！」

尾根さえ越えれば、そこから先は下り坂。

逃げるのもいくらか楽になるだろう。

あと少し、ほんの少し……！

気ばかり焦っていく中で、後ろからドォンと大きな爆発音が聞こえてくる。

「あの火柱……人形が壊された⁉」

「ええっ⁉　頑丈なんじゃなかったの⁉」

「あれだけの群れだからね、集中攻撃されたら流石に——」

「アエリア姉さん、大好き‼」

どこからともなく響いてきた、謎(なぞ)の叫び。

どこか間の抜けたその声に、俺はたまらず足を止めそうになる。

いま「アエリア姉さん大好き」とか聞こえたよな？

思わず怪訝な表情をすると、シエル姉さんがやれやれと額を手で押さえる。

「最後に余計な機能が作動したっぽいわね」

「いったい、何の機能だったんですか？　妙なこと言ってましたけど」

「ノ、ノアは知らない方がいいわ！　それより、人形が壊されたってことは……！」

シエル姉さんがそう言った直後、谷から続々とドラゴンたちが上がってきた。

天高く舞い上がった彼らは、周囲を旋回して俺たちの姿を探し始める。

まずいな、このままじゃ見つかって追いつかれるのは時間の問題だ。

尾根を越えていくらか逃げる速度が速まったとしても、空を飛ぶドラゴンが相手では焼け石に水だろう。

「こうなったら、誰かが足止めするしかないな」

「俺がやります」

「ノアが……？　大丈夫なの？」

「そうだ、そういうことなら私の方が適しているはずだ」

俺の申し出に、即座に反対する姉さんたち。

だが、ここは俺でなければならない理由があった。

俺たちを追いかけてきているドラゴンの群れ。

その中には、魔法に強い種と物理に強い種が混在してしまっているのだ。

魔法と剣技の両方が使える俺でなければ、対応は難しいだろう。

「ノアが残るなら、私も残るわ！」

「私だって残るぞ！」

「ボクだって！」

「お姉さまが残るなら、私も残ります！」

俺が足を止めると同時に、姉さんやクルタさんたちまでもが足を止めてしまった。

ちゃっかり、ニノさんまで残ってしまっている。

参ったな、これじゃ時間稼ぎにならないじゃないか……。

思わぬ事態に俺が困り顔をすると、ロウガさんが言う。

「お前ら、ここは素直に下がってやれ。男が体張るって言ってんだからよ」

「でも！　いくらジークだって、あんな群れを相手に……！」

「大丈夫ですよ。一人で逃げるだけだったら、どうにかする方法は考えてありますから」

「……聞かせて。その方法に納得できなかったら、私は残るわ！」

そう言うと、杖を雪に突き立てるシエル姉さん。

納得するまで、何が何でも動かない構えである。

こうなってしまっては、できる限り早く説明するよりほかはない。

俺はいささか早口で、自分が思いついたアイデアを語って聞かせる。

すると姉さんは、顎に手を押し当てて逡巡する。

「リスクはあるけど……不可能じゃないわね」

「ああ、ノアの身体なら恐らく耐えられるだろう」

「どちらかと言うと、事が済んだ後にジークを見つけられるかどうかが勝負じゃない？」

「それなら、私の魔力探知ですぐに見つけられるわ」

「じゃあ決まりだな、それしかねえだろう」

年長者らしく、その場の意見を取りまとめるロウガさん。

方針は決まった、あとは実行するのみ。

俺は深く息を吸い込むと、腰の剣に手を添える。

「ノア！　絶対に、絶対に無事で帰りなさいよ！」

「ええ、もちろん！」

「もし戻らなかったら……うぅ」

ここで、シエル姉さんの眼から涙がこぼれ落ちた。

……あのシエル姉さんが泣くなんて、いったいいつ以来だろうか？

感情をあらわにするシエル姉さんに、こちらまで心が揺り動かされる。

何としてでも、戻らなくては。

姉さんの気持ちを肌で感じ取った俺は、やがてその身体を強く抱きしめる。

「必ず、必ず戻るよ。シエル姉さん」

「ええ、戻ってきて。私からも話したいことがあるわ」

涙を拭き、何かを決意したような表情でそう告げるシエル姉さん。

俺は深く頷きを返すと、剣を手にドラゴンの群れを目指して走り出すのだった——！

閑話

第八回お姉ちゃん会議（？）

ノアが竜の谷で危機に陥っていた頃。

ウィンスター王国にある彼の実家では、またしても姉妹たちが集合していた。

第八回お姉ちゃん会議である。

とはいっても、今回はシエルとライザが同時に欠席して三人だけ。

加えて、ノアが冒険者となること自体は全員がやむなくとはいえ認めている。

そのためこれまでの会議とは異なり、和やかなお茶会といった雰囲気だ。

「ノアは元気にしているかしら……。ゴールデンドラゴンの討伐なんて、心配ですわ」

「シエルとライザが付いている。流石に大丈夫だと思う」

「そうはいっても、油断は禁物ですわ。シエルの言っていたことが本当なら、とんでもないことですし」

にわかに険しい表情をするファム。

ラテト山に出かける前、シエルが告げた言葉を彼女は反芻していた。

シエルの言うことがすべて本当だったとすれば、今頃ノアたちは大変な事態に陥っているかもしれない。

もちろん、そうならないために早めに手を打ったわけなのだが……。

必ずしもうまくいくとは限らなかった。

「しかし、まさかシエルがノアに助けを求める日が来るなんて」

「それだけ、ノアが成長したということですね」

「いろいろと感慨深いものですわ。あんなに小さくて頼りなかったノアが……」

そう言うと、アエリアは紅茶を飲みながら物憂げな顔をした。

その眼はここではないどこか遠くを眺めているかのようである。

そんな彼女に呼応するように、今度はファムがふうっと吐息をつく。

「でも、昔からノアは頼りになる子でしたよ。お父様とお母様が亡くなられた時も、あの子が必死に頑張ったおかげで私たちは離れずに済んだのですから」

「そうですわねえ、芯（しん）の強さはあの頃から一人前でした」

「懐かしい。あれをきっかけに、エクレシアたちも仲良くなった」

ぽつりとつぶやくエクレシア。

実はもともと、五人姉妹の関係はそれほど良くなかった。

お互いに個性が強すぎるがゆえに、激しく衝突することもしばしば。

そして、彼女たちの能力が高すぎるために周囲がそれを止めることもできなかったのだ。

それが現在のように多少なりともまとまることができるようになったのは、ノアのおかげだ。

――ノアをどこに出しても恥ずかしくない完璧な弟に育てる。

この目的のために、バラバラだった姉妹が初めて団結したのである。

「昔は、わたくしも尖ってましたからねえ」

「ですね、私ももっと我儘でしたし」

「……二人とも、何だか年寄り臭い」

周囲の空気がにわかに凍り付いた。

アエリアは無言で席を立つと、エクレシアに詰め寄っていく。

その表情はかろうじて笑顔を保っていたが、こめかみがピクピクと震えていた。

「わたくしのどこが、年寄り臭いんですの?」

「少なくとも、私たちの中では一番年上」

「そうは言っても、わたくしはまだ二十代前半ですのよ? 世間一般的に見て、まだ娘と称されるような年齢であって年寄りとは――」

じりじりと距離を詰めながら、勢いよく捲し立てるアエリア。

しかし、エクレシアも負けてはいない。

彼女はクイッと眼鏡を持ち上げると、アエリアの着ている服を見て言う。

「前から思ってた。服のセンスも古い」

「ふ、古い⁉　違いますわ、これは大人っぽいんですの！　お子様なエクレシアとは違いましてよ！」

「エクレシアの方がモードに合ってる。それにアエリア姉さんは、化粧も派手すぎ」

「そんなことありませんわよ！　むしろエクレシアは、気を遣わなすぎですわ！」

「何もしなくても卵肌だから、いらない」

そう言うと、つるりとした肌を誇示するようにエクレシアは頰を指でなでた。

彼女が自慢するように、色白の肌はきめが細かく艶がある。

一方で、アエリアの肌は日頃の激務のせいか最近は少し調子が悪かった。

健康管理には気を遣っているため、年相応以上の状態を保ってはいるが……。

姉妹の中で最も時間的にゆとりのあるエクレシアに自慢されると、何とも言えず腹が立ってしまう。

「むぐ……！　わたくしだって、もう少し時間があれば……」

「時間は作るものって、前に姉さん言ってた」

「それにも限度があるんですの！　だいたいあなたこそ、仕事はないんですの？」

「アイデアの湧いたときだけ働いてる」

「だから、芸術家という人種は好きじゃないんですのよ！　羨ましい！」

そのままああだこうだと言い争いを加速させていく二人。

やがて見かねたファムが、無理やりに割って入って言う。

「落ち着いてください！　こんな喧嘩(けんか)しているところ、ノアが見たらどう思うでしょうか？」

「……つい、子どもっぽくなってしまいましたわ。失礼しましたわね」

「エクレシアも少し、からかいすぎた」

ファムの聖女らしく威厳ある声に、しぶしぶながらも非を認める二人。

こうして場が落ち着いたところで、ファムはやれやれと額(ひたい)に手を当てる。

「ノアがいないからといって、また姉妹がバラバラになってはいけませんわ。そんなことになったらノアが悲しんでしまいますもの」

「その通りですわ。ノアがいなくても姉妹仲良くやっていかなくては」

「ノアだって、またいつ戻ってくるかわからない」

そう言うと、先ほどまでのいさかいは嘘(うそ)のようにケーキを分け合う姉妹たち。

ノアが戻ってくるまでの間、姉妹仲良くしっかりと家を守ること。

それだけが、今日の集まりで唯一決まったことだった。

第三話
黒雲洞

「あれ、ここは……」

気が付くと俺は、見覚えのない部屋で横になっていた。

装飾の雰囲気から察するに、先日泊まった白龍閣の一室だろうか。

どうして俺が、こんなところにいるのだろう？

ドラゴンの群れと戦った俺は、敵をある程度足止めできたところで……。

あれ、そこから先の記憶がどうにもぼんやりしてしまっているな。

頭を捻っても、なかなかはっきりと思い出すことができない。

「んーと、どうしたっけな……」

ああでもないこうでもないと唸っていると、やがて部屋の扉が開いた。

そして心配そうな顔をしたシエル姉さんが入ってくる。

「良かった！　気が付いたのね！」

「ああ、姉さん！　俺、いったいどうしてここに？」

「ん？　自分で山の麓まで逃げてきたのに覚えてないの？」

「ええ、記憶がどうもあいまいで」

俺がそう言うと、シエル姉さんはやれやれとため息をついた。

そして、ゆっくりと俺を発見した当時の状況を語り出す。

「まあ無理もないわ。アンタ、雪玉になってたんだもの」

「俺が？」

「そうよ。こんなおっきな雪玉の中に入ってて、見つけるの大変だったんだから」

両手を目いっぱいに広げて、雪玉の大きさを強調するシエル姉さん。

ここでようやく、記憶がはっきりと蘇ってきた。

そうだ、俺はわざと小さな雪崩を起こしてそれに紛れて逃げてきたのだ。

その際、斜面を転がって逃げるうちに身体に雪が纏わりついて雪玉となってしまったらしい。

「ま、そのおかげでドラゴンにも見つからなかったんだろうけどね」

「怪我の功名ってやつですね。ところで、他のみんなは？」

「街に出て、何とか協力してくれる住民がいないか探してるわ。竜の谷に行くには、もう洞窟を通っていくルートしかないから」

洞窟というのは、出発する直前にクルタさんが言っていた場所のことだろうか？

迷路のような場所で、地元の人の案内が無いと通れないとか言ってたっけ。

なるほど、竜の谷に行くとしたらもうそこしかないだろうなぁ。

流石にあれだけの数のドラゴンと再びやり合うのは、ごめんこうむりたい。

「そういうことなら、俺も手伝わないと……っとと！」

ベッドから立ち上がろうとしたところで、俺はバランスを崩してしまった。

足に力が入らなかったのである。

倒れそうになる俺の身体を慌てて支えたシエル姉さんは、呆れたように言う。

「まずは体力の回復が先よ。アンタ、三日も寝てて何も食べてないんだから」

「三日⁉　俺、そんなに寝てたの⁉」

「そうよ！　見つけた時は身体が冷え切ってて、結構危なかったんだから」

もうこんな無茶しないでと言うシエル姉さんに、素直に頷きを返す俺。

きっと姉さんたちのことだから、俺の治療には上級ポーションなどをたっぷり使ったことだろう。

そのうえで三日も寝ていたのだから、かなりの重傷だったに違いない。

「宿の人に頼んで、何か用意するわ。ちょっと待ってて」

そう言って、いったん部屋を出て行くシエル姉さん。

そして十分ほど後、彼女はほこほこと湯気を立てる鍋を手に戻ってきた。

鍋の中には、白いスープのようなものが入っている。

スープの中にはこれまた白い粒状のものがたくさん入っていて、全体的にとろみがあった。

「どうぞ。これ、お粥って言うんですって」

「へえ……良い匂い！」

「お腹に良い薬草とかが入ってるらしいわ。たくさん食べて、元気になりなさい」

姉さんに促されて、さっそく陶器でできたスプーンのようなものを手にする俺。

しかし、指先に力が入らずうっかり落としてしまった。

こりゃちょっと、食事をするにも苦戦しそうだな。

俺が少し困った顔をすると、姉さんがスッと床に落ちたスプーンを拾ってハンカチで拭く。

「仕方ないわね。私が食べさせてあげるわ」

「え？」

「だから、私が食べさせてあげるって言ってるのよ。……仕方ないでしょ、食べられないんだったら」

――私が食べさせてあげる。

顔を赤くして、ひどくためらいながらも姉さんははっきりとそう言った。

あ、あのシエル姉さんが俺に優しい……!?

いったいどんな心境の変化があったというのだろうか？

あまりのことに俺が驚いていると、シエル姉さんは少しムッとした顔をする。

「……何か言いたそうな顔ね？」

「いやだって、姉さんがこんなこと……。どういうことかなって」

「そりゃ、今回はノアのおかげで助かったようなものだから。私だって、多少は思うところがあったってだけよ。そう、それだけ！」

さながら、自分自身に言い訳するかのようにそれだけと強調するシエル姉さん。

彼女はそのままスプーンで粥をすくうと、俺に向かってゆっくりと差し出してくる。

「……口開けて」

「う、うん」

慣れない事態に少し戸惑いながらも、大きく口を開く俺。

やがてスプーンが差し入れられ、温かい粥が口いっぱいに広がった。

鶏肉の出汁がよく利いていて、見た目よりはるかに食べ応(ごた)えがある。

それでいて、香草の匂いが仄(ほの)かに漂ってきて爽(さわ)やかだ。

食欲はあまりなかったが、これならいくらでも食べられそうである。

「おいしい……。ありがとう、姉さん！」

「どういたしまして。ほら、次」

再び差し出されたスプーンに、今度は自分から食いついていく俺。

こうしていくらか落ち着いたところで、俺はふとあることを姉さんに尋ねた。

「そういえば、話したいことって何だったんです？」

「え？」

「ほら、俺と別れる前に言ってたじゃないですか」

「ああ、そのことね」

不意に、姉さんの声が低くなった。

彼女は真剣な眼をすると、俺に近づいて顔を覗き込んでくる。

その視線の強さに、俺は少しばかりどきりとしてしまった。

するとここで、いきなり部屋の扉が開かれて――。

「ただいま！　ジークはまだ寝てる……って⁉」

俺たちの姿を見て、にわかに石化してしまうクルタさん。

そして、大きく息を吸い込んで――。

「ジークッ⁉⁉　何やってるの⁉」

部屋中にクルタさんの叫びが響き渡るのだった。

―○●○―

「もう、びっくりしちゃったよ！　二人の身体が重なって見えてさ」

クルタさんが部屋に戻ってきてから数分後。

自身の勘違いに気づいた彼女は、顔をほんのりと赤くしながら俺たちに謝った。

バツが悪いのだろう、視線がフラフラと泳いでしまっている。

「そそっかしいんだから。そもそも、私が何をするっていうのよ？」

「それは……。そ、それよりもジークが無事に回復してよかった！」

笑顔を作りながら、露骨に話題をそらそうとするクルタさん。

シエル姉さんは渋い顔をしつつも、それ以上、細かいことを追及しようとはしなかった。

「ま、別にいいわ。それより、協力者の方は見つかった？」

「それがねえ……。地元のギルドとか回ってるんだけど、全然ダメ。ドラゴン討伐って言うと、すぐにみんな断っちゃう」

「うーん、チーアンの竜信仰は思った以上に根強いわねえ」

額に手を当てながら、シエル姉さんは困った顔をした。

ここチーアンでは、竜は信仰の対象となっている。

特にゴールデンドラゴンは神聖視されているため、討伐のために協力を得るのはなかなか難しいようだ。

まあ、宿に物を投げ込んで嫌がらせをするような人たちまでいたからなぁ。

追い出されないだけマシといった感じか。

「ロウガさんとニノが別口で回ってくれてるから、そっちに期待ね」

「ライザは？　そういえば姿が見えないけど」

「修行するって出て行ったよ。自分があの群れを全部倒すことができれば、ノアは倒れずに済んだって」

「あの群れを全部って……。相変わらず、ライザ姉さんは無茶苦茶言うなぁ」

きちんと数えたわけではないが、あの群れは恐らく二十頭以上はいただろう。

一頭でも災害扱いされるドラゴンを、まとめて何十頭も倒そうなんて。

流石はライザ姉さんというか、何というか。

修行をすれば、あながち不可能とは思えないところが逆に恐ろしい。

今でも、五頭ぐらいはまとめて相手にできるだろうからなぁ。

「一応、夕飯までには戻るって」

「わかったわ。しかし困ったもんね、頼みを放り出して出かけちゃって」

「ま、交渉下手だろうからちょうどいいんじゃない？」

そう言われて、ふむと考え始めるシエル姉さん。

確かに、ライザ姉さんはそういうのすごく苦手そうだよな……。

人にものを頼まれることはあっても、頼むことなんてめったにない人だし。

ライザ姉さんの不器用な姿が、目に浮かんでくるようだ。

剣聖として最低限の人付き合いはできるけど、すぐにぼろが出ちゃうんだよな。

「あー、それもそうか……」

「逆に、いてもややこしくなりそうですね」

「その点、ニノとロウガはそこそこ常識人だからね。特にロウガは、あれでも意外と気が利く方だし」

軟派な面の目立つロウガさんであるが、基本的には頼りになる大人である。

加えて、誰とでも打ち解ける陽気な性格をしている。

協力者探しという役目においては、俺たちの中では彼が一番期待できるかもしれない。

「じゃあ、とりあえず二人に期待して待つって感じですかね」

「そうだね。あ、お土産においしそうな桃を買ってきたよ」

「ありがとうございます」

こうして俺たちは、桃を食べながらロウガさんとニノさんの帰りを待った。

そして数時間後、日も傾いてきた頃。

シエル姉さんが夕食を取りに行こうとしたところで、部屋の扉が開かれる。

ロウガさんとニノさんの帰還だ。

「お！　ジーク、目が覚めたのか！」

「ええ。おかげさまで」

「安心しました。まったく、あなたは少し無茶しすぎなんですよ」

ベッドから起き上がった俺の姿を見て、ほっと胸を撫で下ろすロウガさんとニノさん。

二人はそのままゆっくりと俺に近づくと、改めて顔を覗き込んでくる。

「もう身体は大丈夫なのか？」

「いえ、まだ本調子には。でも、明後日ぐらいには戻ると思いますよ」

「良かった。なら、依頼も無事にこなせそうだな」

「んん？　ということは、協力者が見つかったの？」

「ええ、ばっちりです」

胸を張り、自慢げに告げるニノさん。

おお、それはすごい……!!

期待はしていたが、まさか本当に見つけてきてくれるとは。

この状況下で、本当に大したものだ。

「へへへ、俺はやる時はやる男だからな」

「……調子に乗らないでください。十割は私のおかげですから、お姉さま」

「おい、それじゃ俺の分がねーだろうが！」

「失礼、九割九分九厘です」

「ったく、俺だって頑張ったんだぜ」

いつものように辛口なニノさんに、肩をすくめるロウガさん。

彼は開けっぱなしになっていた扉の方を見やると、くいっと手招きをする。

「入ってくれ。俺たちの仲間を紹介するぜ」

「は、はい！　初めまして、メイリンです！」

やがて部屋に入ってきたのは、まだ十代半ばほどに見える少女だった。

団子のように小さくまとめた黒髪が印象的で、控えめな顔立ちはどことなく気弱そうに見える。

声も震えていて、かなり緊張していることは明らかだった。

俺はゆっくりと彼女に頭を下げる。

「一応、このパーティのリーダーをやっているジークです」

「よろしく、お願いします！」

「そんなに緊張しなくていいですよ、怖いことは何もありませんから」

できるだけ柔和な笑みを浮かべる俺。

それに合わせるように、クルタさんたちもまた笑みを浮かべる。

「私はクルタ、よろしくね」

「シエルよ。よろしく」

「は、はい！」

深々と頭を下げるメイリン。

そのどうにもぎこちない様子を見て、クルタさんが尋ねる。

「ずいぶんと緊張してるようだけど……。よく、ボクたちに協力してくれたね？」

「実はその、どうしても必要な薬草が竜の谷にあって」

「なるほど。私たちに協力すれば、それが手に入るだろうってわけね？」

「はい！　母の病気を治すために必要なんです！」

先ほどまでとは打って変わって、メイリンは力強くそう告げた。

こうして俺たちのパーティに、一人の協力者が加わったのだった。

「そういうことなら、私たちとしても協力してあげたいわね」

「ですね。よろしくお願いします」

「こちらこそ！　どうぞ、よろしくお願いします！」

互いに深々と頭を下げた俺たちとメイリン。

彼女の母のことは心配だけれど、これでどうにか案内の目途はついたな。

後はできるだけ早く体調を整えて、討伐に向かわないと。

俺がそんなことを考えていると、ここでニノさんが思い出したように告げる。

「そうだ、もう一つお知らせがありますよ」

「何ですか？」

「さっきバーグさんから、無事に聖剣の修理が完了したと連絡が来ましたよ」

「おお！　それは良い知らせですね！」

二週間ほどかかると言っていたけれど、おおよそ予定通りに仕上がったようである。

復活した聖剣は、いったいどんな性能を秘めているのか。

勇者伝説に憧れた俺としては、想像するだけで心が躍るようだった。

「依頼に苦戦しているという話をしたら、早馬で届けてくれるとか。流石に間に合わないとは思いますが」

「そうね、ラージャからなら三日はかかるだろうし」

「あー、あると確かに心強いですけど……流石にちょっと待てないですね」

指を閉じたり開いたりして、具合を確かめながらつぶやく俺。

まだ十分に力が入らない状態だが、この分ならあと二日ほどあれば回復するだろう。

できるだけ早く討伐はした方が良いし、メイリンの母親のこともある。

ちょっと残念だが、聖剣の到着を待つ余裕はなさそうだ。

「ま、試し斬りは次の機会ってことだな」

「だね、お楽しみは後でってことで」

せっかくなら大物を斬ってみたいという思いがなくはなかったが、これぱっかりは仕方ない。

俺は素直にロウガさんとニノさんの言葉に頷いた。

そうしていると、またしても部屋の扉が開く。

「おっ！　ノア、起きていたんだな！」

やがて中に入ってきたのはライザ姉さんであった。

彼女は俺に近づいてくると、そのまま勢いよく抱き着いてくる。

「あわっ⁉　ね、姉さん⁉」

「心配したんだぞ！　まったく、お前は無茶ばかりして……‼」

よほど心配だったのか、ぎゅーっと強く締め付けてくる姉さん。

鎧を着たままだったので、胸当てが顔に当たって痛かった。

……というか、いくらなんでも腕の力が強すぎる！

このままじゃ、顔が潰されちゃうよ！

「いた、痛い……！　姉さん、くるしい……！」

「あ、すまんすまん！　つい力が入ってしまった！」

「もう、気を付けてよ」

危うくまた倒れてしまうところだった。

ライザ姉さんは、加減ってものを知らないんだから困る。

この前も、鎧を着たまま飛びついてきてえらい目に遭ったんだよな。

「ライザ、あんた一人で修行に行ってたんだって？」

「そうだ。ついでに、ドラゴンどもがこちらに来ていないか様子を見てきたぞ」

「どうでした？　まだ大丈夫そうですか？」

「ああ。どうも連中は、警戒して谷を離れないような感じだったな」

それを聞いたシエル姉さんは、何やら腕組みをして考え込み始めた。

そして、窓越しにラト山を見ながらああでもないこうでもないとつぶやく。

「もしかして、もう生まれた？　けど、流石にまだ早すぎる……」

「シエル姉さん？」

「ああ、何でもないわ。けど、竜の谷を守ってるっていったいどういうことなのかしらね？」

「うーむ、ゴールデンドラゴンに何か関係あるのだろうが……わからんな」

お手上げとばかりに肩をすくめるライザ姉さん。

その視線がふと、メイリンに向けられた。

そういえば、メイリンが来た時にはライザ姉さんはいなかったな。

俺はすぐに彼女の紹介をする。

「この子はメイリン。洞窟の案内を買って出てくれた子なんです」

「そうだったのか、それはありがたい」

「いえ、こちらこそ。よろしくお願いします」

「……それでですが、メイリンは何か心当たりはないかな？　ドラゴンが竜の谷を守る理由」

俺の問いかけに対して、メイリンは小首を傾(かし)げた。

そして少し間を空けたのち、ぶんぶんと首を横に振る。

「……さあ？　竜に関する伝承はいくつもありますが、そこまでは」

「地元の人なら何か知ってるかと思ったんだけど……。やっぱりそっか」

「ま、何にしても竜の谷には行かなきゃならねえからな。その時にわかるんじゃねえか？」

「そうですね。最悪、ケイナさんに資料を送れば調べてもらえるでしょうし」

ケイナさんというのは、以前にお世話になった魔物研究所の研究員さんである。

最近はラージャに常駐しているらしく、ギルドにもちょくちょく顔を見せていた。

彼女ならば、ドラゴンたちに何が起きているのか調べてくれることだろう。

もっとも、流石にそれには時間がかかるだろうが。

「問題はそこよりも、黒雲洞(こくうんどう)を通るルートが安全かどうかだな」

「それについては大丈夫だと思います。黒雲洞は途中でいくつも枝分かれしていて、そのうちの一本が竜の谷の谷底に通じてるんです。谷底は霧が深いので、そこから入ればドラゴンにも見つからないかと」

「じゃ、あとは私の魔法で気配を薄くすれば完璧(かんぺき)だわ」

ひとまずの方針は定まった。

あとは、体力の回復を待ちつつ準備を整えるだけである。

ひとまずの目途が付いたことで安心した俺は、ほっと息をついて窓の外を見る。

するとどうしたことであろう、宵の空のもとでラト山がぼんやりと光って見えた。

「あれは……？」

「龍脈（りゅうみゃく）が光ってるんだわ。魔力が変動してるせいね……」

「気味が悪いな……ドラゴンが集まってるせいか？」

「……たぶんそうだと思うわ。ドラゴンは強い魔力を秘めているから」

深刻な顔で告げるシエル姉さん。

こうしてその日の夜は、不穏な気配を漂わせながら更けていったのだった。


――○●○――


「さあ、行きましょう！」

俺が目覚めてから三日。

準備を整えた俺たちは、再び竜の谷を目指してラト山を登り始めた。

この間とは少し違うルートを、ゆっくりと慎重に進んでいく。

多数のドラゴンが住み着いているせいであろうか？
山には全くと言っていいほど生物の気配はなく、鳥の鳴き声すらしなかった。
三日前はここまで不気味な雰囲気ではなかったというのに。
事態は刻一刻と悪化しているようだ。
「あそこです」
やがて俺たちの前に現れたのは、尾根の側面にできた大きな洞窟であった。
これが黒雲洞か……！
その名の通り、中は完全な暗闇でわずかな光もない。
近づいていくと、洞窟から漏れ出した冷気がすうっと足元を抜けた。
天井から垂れ下がるのは、鍾乳石であろうか？
鋭く尖ったそれは、さながら怪物の牙か何かのように見えた。
「ずいぶんと気味の悪い場所だな……」
「そうね、化け物の口みたいだわ。ほら、あの岩が目で、あれが鼻」
尾根から突き出している岩を指さし、不安げな顔をするシエル姉さん。
言われてみれば、岩の位置と大きさが絶妙でちょうど目と口のように見えた。
何となく不気味で、できることなら入りたくない場所だな……。
こうして俺たちの足取りが重くなると、ライザ姉さんが笑いながら言う。

「どうした？　しっかりしないか」

「いや、どうにも気味が悪くて」

「ふん、気味が悪いと思うから気味が悪いのだ」

「……出たわね、ライザの脳筋理論」

やれやれと呆れるシエル姉さん。

するとライザ姉さんもまた、対抗するように言う。

「そういうシエルは、ずいぶんと怖がっているようじゃないか」

「べ、別に私はそんなんじゃないわよ！」

「声が震えているぞ？　そういえば、シエルは昔から暗いところが苦手だったな」

「そんなのは小さい頃の話よ！　今は平気だから！」

そう言うと、ずんずんと前に出ていくシエル姉さん。

ライザ姉さんにからかわれたのが、よっぽど効いたらしい。

彼女は魔法で光の球を浮かべると、そのまま洞窟の中へと入っていった。

しかし、その足取りはどことなくぎこちない。

さらに光の球の出力も過剰で、暗闇への恐怖が窺える。

やっぱり、結構無理をしているようだ。

「そういえばシエル姉さんって、夜にトイレへ行くときは他の姉さんたちに……」

「だから、小さい頃の話だって言ってるでしょ！」

フンッと鼻を鳴らすと、シエル姉さんは歩くのを再開した。

が、途中で石に躓いて危うく転びそうになる。

……この調子で大丈夫かなぁ？

俺たちは少し不安に思いつつも、彼女の後に続いて洞窟の中へと足を踏み入れていく。

「そういえば、シエル姉さん」

「何かしら？」

「前に、質の悪いモンスターが住み着いてるとか言ってましたけど……。何がいるんですか？」

「噂によれば、物すごくでっかいムカデらしいわ」

「うわ……会いたくないなぁ」

ムカデと聞いて、露骨に顔をしかめるクルタさん。

ライザ姉さんも眉間に皺を寄せて、なんとなく嫌そうな顔をしている。

一方で、ニノさんは口にこそ出さないが興味津々といった様子だ。

ベルゼブフォの眷属と戦った時もそうだったけど……もしかして、ゲテモノ好きなのかな？

たまにいるんだよな、そういう子。

「いざとなれば、私の魔法で焼いてやるわ。虫系には炎がよく効くから」

「ですね、姉さんがいれば安心です」

「当然よ、当然」

こうして、さらに進んでいくことしばし。

洞窟は徐々に広さを増していき、やがて俺たちの前にちょっとした広場と分かれ道が姿を現した。

三つ叉の道には標識などは全くなく、どの道を選べばよいのか全くわからない。

「メイリン、わかりますか？」

「ええ。この道はまっすぐに進んでください」

一切迷うことなく、メイリンは中央の道を示した。

かなり自信があるらしく、彼女はそのままスタスタと進んでいく。

その後も何度か分かれ道に遭遇したが、彼女は完璧に道を覚えていた。

「すげえな、よくこんな分かれ道を覚えられるもんだ」

「私たちの街では、竜の谷に一人で行くのが大人になるための通過儀礼なんです。だから、嫌でも親に叩き込まれるんですよ」

「へえ……。竜を信仰している街らしいわね」

「まあ最近は、護衛として冒険者を雇うことも多いんですけどね」

フフッと笑いながら告げるメイリン。

それで、こんなに複雑な道順でもしっかり記憶していたわけか。

竜を信仰する街の風習が、竜の討伐に役立つとは少し皮肉めいた話である。

「しかし、長い洞窟ですね」

「前に来た時は、もっと短かったような……」

さらに時間が過ぎたところで、ニノさんが不満げにつぶやいた。

言われてみれば、もう洞窟に入って二時間ほどは経つだろうか。

流石にそろそろ外に出てもおかしくない時間である。

「モンスターに会わないように、ちょっと回り道をしているので。でも、もうすぐですよ」

「そういうこと。でも平気よ、会ったら倒すだけだから」

「わかりました、じゃあもう少し近道をしますね」

心なしか、メイリンの歩みが速まった。

竜の谷まであともう少しのようである。

いよいよ、ゴールデンドラゴンとの戦いか……。

否が応でも緊張感が高まり、みんなの口数が減った。

するとここで、その静寂を破るようにクルタさんが告げる。

「そうだ、戦う前にちょっと聞いておきたかったんだけどさ」

「何でしょうか？」

「メイリンちゃんの探している薬草って、なに？　ほら、戦う前に採っておこうと思って」

言われてみればその通りだった。

竜の谷に着いてから説明してもらうのでは、いささか段取りが悪い。

もしかすると、いきなりゴールデンドラゴンと出くわすこともあり得るのだから。

するとメイリンは、一拍の間を置いて答える。

「竜炎草です。その名の通り、燃え上がる炎のような姿をしています」

「竜炎草？　それで間違いないのね？」

「はい、薬師さんにそう言われました」

竜炎草か……。

俺も名前は聞いたことがある、非常に高価な薬草だったはずだ。

貴族の間で珍重されていて、一本につき百万以上の値が付くこともあるとか。

とても庶民に手が出せるようなものではないだろう。

メイリンが俺たちに協力する気になったのも、頷ける話だ。

「……なかなか厄介だわ」

「ええ、竜の谷でもすぐに見つかるかどうか」

「問題はそう……あら？」

何事か言おうとした姉さんであったが、不意に言葉を詰まらせてしまった。

視線の先には、行く手を遮る大きな岩がある。

どうやら落盤か何かが起きて、通路が塞がれてしまったらしい。

「よし、任せておけ。私が斬ろう」

「だ、ダメです！」

「どうしてだ？」

「この辺りは地盤がゆるいんです！　無茶したらみんな生き埋めになっちゃいますよ！」

メイリンにそう言われて、剣を鞘に納めるライザ姉さん。

以前に脱出した亀裂とは違って、ここは地下深い場所にある洞窟だ。

何かあったら、ここから地上までは流石に脱出できないだろう。

「大丈夫です、他に通路はありますので！」

「お願いします、メイリンちゃんだけが頼りなので」

こうして再び、メイリンを先頭に歩き出す俺たち。

先ほどまでと違って、みんなの顔には言い知れぬ不安が滲んでいた――。


――○●○――


「……ううむ、まだ出られないのか？」

行き止まりで引き返してから、何時間が過ぎたのだろうか？

俺たちはいまだに黒雲洞の中を彷徨(さまよ)っていた。

ドラゴンが集結した影響なのであろうか？

メイリンが案内する道は、どこもかしこも塞がってしまっていたのだ。

「すいません……！　どうも、落盤が相次いでいるみたいで」

「ドラゴンが暴(あば)れたせいですかね？」

「だとしても、流石にちょっと多いような……」

「まさか、わざとじゃないだろうな？」

「もちろん！　私だって、こんなところは早く出たいですよ！」

「本当だろうな？」

メイリンの肩に手をかけ、詰め寄るライザ姉さん。

その迫力に、たまらずメイリンは「ひっ」と小さな悲鳴を上げた。

見かねたシエル姉さんが、やれやれと二人の間に割って入る。

「まあ落ち着いて。そりゃ、あれだけドラゴンが集まればおかしくもなるわよ」

「……それもそうか」

「それに、ドラゴンだけじゃないみたいだしね」

そう言うと、シエル姉さんは天井の鍾乳石に眼をやった。

本来なら氷柱(つらら)のように長く伸びているはずのそれらは、途中で折れたように短くなっている。

それも一つや二つではなく、周囲の鍾乳石のほとんどが欠けたり折れたりしていた。

「もしかして、これもムカデの仕業？」

「恐らくはね。ここに引っかかるとなると、相当な大きさだわ」

天井の高さは、ざっと大人の背丈の二倍といったところであろうか。

鍾乳石の長さの分を考えても、人間の背丈を遥かに超える体高だ。

高さでそれだけなのだから、いったい長さはどれほどになるんだ……？

想像をするだけでも、恐ろしい怪物だ。

大きさだけなら、ドラゴンをも超えるかもしれない。

「……ねえ、次に広い場所に着いたら休まない？　流石にちょっと疲れてきちゃったよ」

「賛成です。疲労した状態で敵に遭遇したら危険です」

体力的に厳しくなってきたのか、休憩を提案してくるクルタさんとニノさん。

洞窟の地面は硬くて滑りやすく、高低差もかなり激しかった。

俺や姉さんたちはまだ余裕があるが、彼女たちは既にかなり疲れているようだ。

ロウガさんも、口には出さないが表情には疲れが見て取れる。

「そうね、もうすぐ夕方になるし。今日のところは、そろそろ休んだ方が良さそうだわ」

「まあ、しょうがねえな。物資はあるし、ゆっくり行こうぜ」

「そうですね。ゴールデンドラゴンとは万全の態勢で戦いたいですし」

幸いなことに、野営の準備はしっかりと整えてきている。

万が一、谷で身動きが取れなくなった時などのためにたっぷりと食料も持ち込んでいた。

ゴールデンドラゴンの動きが気になるが、余裕が全く無いわけではない。

「それなら、ここから少し進んだ先に大空洞があります。そこで休みましょう」

「よし、さっさと行こうぜ。俺もちょっと疲れちまった」

こうして、そこからさらに歩くこと数分。

俺たちの目の前に、広大な空間が姿を現した。

地下の渓谷とでも表現すればいいのだろうか？

天井が非常に高く、地上に近づくほど壁が迫り出してきている。

さらに時折、ぼんやりと淡い光の揺らめきが見えた。

どうやらこの場所は、ララト山を走る龍脈からかなり近い場所にあるらしい。

「おお……これは大したものだな！」

「すごいですね、星空みたいだ」

「魔力が光ってるのね。こんなの、私も初めて見るわ」

揺蕩う光の靄を見ながら、興味深そうにつぶやくシエル姉さん。

洞窟の中ということで、辛気臭い感じになってしまうのではないかと思っていたが……。

この分ならば、快適に野営することができそうである。

俺たちはさっそくマジックバッグの中から資材を取り出して準備を始める。

「それじゃ、テントは俺たちに任せといてくれ」

「なら、私たちは料理の準備をするわ」

「私にお任せください！　料理は得意なんです！」

ここで、メイリンが調理役を買って出た。

案内がうまくいっていないことに、責任を感じているのだろうか？

彼女は姉さんやクルタさんたちに休むように言うと、一人で料理を始める。

「私の家は、もともと小さな宿屋だったんです。白龍閣ほど高級じゃないですけど」

「へえ、それで手際がいいんだ」

「はい！　母の手伝いをいっぱいしてましたから」

どこからか自前の調理器具を取り出し、調理を進めていくメイリン。

やがて香ばしい匂いが漂い始め、俺たちの目の前にどっさりと肉まんが積み上げられた。

ほこほこと湯気を立てるそれらは、ふっくらして何とも旨そうだ。

「どうぞ！　メイリン特製肉まんです！」

「すげえ！　洞窟でこんなのが食えるなんてな！」

「んんー！　肉汁が溢れる!!」

肉まんをかじって、心底満足げな笑みを浮かべるクルタさん。

よほどおいしいのだろう、彼女は無言で二個目を口に放り込んだ。

隣のニノさんも、それに負けじと次々と肉まんを食べ進める。

頬を膨らませたその姿は、どこか愛らしい。

「焦らなくても、おかわりはたくさんありますよ！」

「おいしくってね、つい！」

「じゃあ、俺も……」

こうして俺も肉まんを食べると、たちまち旨味が口いっぱいに広がった。

おぉ……！　肉汁の洪水みたいだ……！

もっちりとした皮が旨味をよく吸い込んでいて、嚙めば嚙むほど溢れてくる。

白龍閣で出されたものも絶品だったが、これも決して負けていない。

むしろ、いくらか上回っているようにさえ思える。

「………ん？」

お腹いっぱいになったところで、不意に眠気が襲ってきた。

お腹が満たされたせいで、疲れが一気に出てきたのだろうか？

俺はたまらず瞼を擦るが、眠気が収まる気配はない。

段々と身体が重く、動かなくなってきた。

いくら満腹とはいえ、この眠気は何かおかしい……！

俺は必死に抵抗するが、意識が朦朧としてくる。

「……やっぱりそういう手で来たわね。ノア、これを！」

ここでいきなり、シエル姉さんがポーションを投げつけてきた。

どうにかそれを受け取って口に含むと、たちどころに眠気が消えていく。

そういう手って、まさか……！

俺が驚いていると、シエル姉さんが畳みかけるように言う。

「全部嘘だったのよね、メイリン」

「ど、どういう意味でしょう？」

「お母さんが病気だってのも、竜炎草が欲しいってのも全部よ」

「そんなこと、ありません！」

シエル姉さんの追及に、メイリンはフルフルと首を横に振った。

その仕草は何とも弱々しく、本気で焦っているようであった。

しかし、姉さんは躊躇することなく言う。

「だって、あなたが欲しがってた竜炎草ってね。確かに高価な薬草ではあるのだけど……」

はぁっと息をつき、何やらうんざりしたような顔をするシエル姉さん。

彼女はメイリンの眼をまっすぐに見据えると、改めて強い口調で告げる。

「強力な精力剤に使う薬草でね。お母さんの病気の薬になんて、絶対に使わないの」

それを聞いた瞬間、メイリンの表情が凍り付いた――。

――○●○――


「……完全にうっかりでしたね。失敗しました」

そう言って、ふうっとため息をついたメイリン。

なぜ彼女は俺たちに嘘をついたのだろう？

チーアンの街に根付く竜信仰に従って、ゴールデンドラゴンを守るためなのだろうか？

それとも、他に深刻な理由でもあるのか？

俺は思わず、声を大にして尋ねる。

「どうして、こんなことを？」

「王を無事に誕生させるためです」

メイリンの言ったことが、俺にはすぐに理解できなかった。

王とは……いったい何なのだ？

俺が首を傾げる一方で、姉さんはその意味がわかっているようであった。

彼女は唇を噛みしめると、猛然と叫ぶ。

「馬鹿なこと言わないで！　王が誕生すれば、大陸は破滅するわ！」

「違います！　王はこのララト山を守護する神聖な存在です！」

姉さんに対抗するように、声を大にして反論するメイリン。

彼女たちはそのまま、激しい口論を始める。

二人が何で言い争っているのかわからない俺は、すっかり蚊帳(かや)の外である。

弟としては、ここはしっかりとシエル姉さんの味方をしたいけれど……。

そもそも、口論の理由がわからないのでは口の挟みようがなかった。

「あの……王って何なんですか？」

「……そうね、こうなった以上はノアたちにも知らせるしかないか」

俺の問いかけに対して、シエル姉さんは一拍の間を置いた。

彼女は意を決するように、深く息を吸い込む。

そして俺の顔をまっすぐに見据えると、ゆっくりとした口調で語り出す。

「ノア、そもそも私たちがゴールデンドラゴンの討伐に来た理由は覚えてる？」

「ええ。研究所から巨大な魔結晶が強奪されたんですよね？」

「その通りよ。じゃあなんで、ゴールデンドラゴンは魔結晶なんて盗んだのだと思う？」

姉さんの問いかけに、俺は言われてみればと首を傾げた。

これまでは単に、自らの魔力を高めるためぐらいにしか思っていなかった。

しかし、考えてみればゴールデンドラゴンは生態系の頂点に君臨するモンスターである。

わざわざ危険を冒して研究所を襲撃なんてしなくても、既に十分強い。

それに魔力を吸収したからと言って、すべて自らの力になるわけではないのだ。

高い知性を誇るドラゴンが、そんな割に合わないことをするとは考えにくい。

「……わからない。あんまり深く考えてなかった」

「産卵のためよ。ゴールデンドラゴンは数百年に一度、強い卵を産むために莫大な魔力を掻き集めるの」

「ひょっとして、その卵から生まれるのが……」

「王よ。大陸に破滅をもたらす竜の王」

……なんてこった。

これが、シエル姉さんが今まで俺たちに隠していたことか。

どうりでたまに深刻な表情をしていたわけだ。

竜の王の伝承については、俺も聞いたことがある。

以前に現れた時は、西に住む魔族たちをも巻き込んで大きな戦いが巻き起こったとか。

そんな恐るべき存在が、今まさに生まれようとしていたなんて。

あまりにも背筋が凍るような話である。

「なんで……！　どうして、そんな大事なことを言ってくれなかったんだよ！」

「心配を掛けたくなかったからよ！　私はノアのためを思って……」

「そんなの、姉さんのワガママだ‼」
――パシンッ！
気が付けば、俺は姉さんの頬を平手で打っていた。
ライザ姉さんとの試合を除けば、俺が初めて姉さんに手を上げた瞬間だった。
心のうちには、怒りではなくただただ深い悲しみだけ。
俺のことを深く信じ切ってくれなかったという無力感すらあった。
これまで苦労して、姉さんたちが課した試練を越えてきたというのに。
シエル姉さんの中では、俺はまだ頼りない子どものままなのだろうか？
そんな疑念まで湧（わ）き上がってきてしまう。
「ごめん。でもこれだけは言わせて。俺のことを、もっと信じてよ」
「ノア……」
俺の強い口調に、少しばかり驚いたのであろうか。
シエル姉さんは大きく目を見開き、茫然（ぼうぜん）とした顔でこちらを見ていた。
――ほろり。
やがてその眼から、大粒の涙がこぼれ落ちる。
しまった、そんなに頬が痛かったのかな？
流石に泣くほど叩いたつもりはないのだけれど……。

俺が予想外の涙に戸惑っていると、姉さんは不意に表情を崩す。

「頼もしくなったじゃない。すぐに戻っちゃうのがノアらしいけど」

「え？」

「今回は私が悪かったわ。………その、ご、ごめんなさい」

ひどくぎこちない様子ながらも、シエル姉さんは俺に向かって深々と頭を下げた。

これまで素直に謝るなんてこと、絶対にしようとしなかった姉さんがである。

こりゃ、明日は嵐(あらし)でも来るんじゃないのか？

俺が予想外のことに戸惑いを隠せずにいると、姉さんは気を取り直すように言う。

「……そんなことよりも！　いまはメイリンのことよ！」

「ああ、そうでした！　えっと、メイリンの話だと竜の王は神聖な存在なんでしたっけ？」

俺がそう問いかけると、メイリンは待ってましたとばかりに深々と頷いた。

そして意気揚々と自身の主張を語り出す。

黒い瞳(ひとみ)を爛々(らんらん)と輝かせたその姿は、熱にでも浮かされているようだった。

「はい！　竜の王が破滅をもたらすというのは間違っています！　竜の王はこのラト山を……いえ、大陸全土を守護する神聖な存在なんです！」

「違うわ！　竜の王のせいで国が滅びた記録もあるの！　あなたたちの信仰は間違ってる！」

「そんなことはありません！　竜の王は……！」

互いに一歩も譲ることなく、再び激しさを増していく言い争い。

二人の怒号が洞窟に反響して、岩壁が震えるようだった。

するとここで、どこからか何かが這うような音が聞こえてくる。

ズルリ、ズルリ……。

不気味な物音は静かに、しかし素早く俺たちに近づいてきた。

しかし姉さんとメイリンは、激しい口論をするあまりそれに気づかない。

そして――。

「危ないッ!!」

洞窟の奥から、赤く巨大な顎を持つ大ムカデが姿を現した――。


――○●○――


「こいつ……！　例のムカデね！」

洞窟の奥から飛び出してきた巨大なムカデ。

勢いよく噛みついてきたその大顎を、シエル姉さんとメイリンは辛くも回避した。

全長は軽く十メートルはあるだろうか。

黒光りする甲殻はさながら金属のようで、赤い大顎は硬い鍾乳石でできた地面を軽々と粉砕してしまう。

こりゃ、ドラゴンともいい勝負をするんじゃないか……？

その異様な迫力に、俺の額にじんわりと汗が浮く。

ましてやここは闇と魔力の渦巻く洞窟、俺たちにとって不利なフィールドだ。

「ノア！　これをみんなに！」

「はい！」

シエル姉さんから預かったポーションを、俺はすぐさまみんなに飲ませようとした。

ひとまず優先するべきはライザ姉さんだろうか？

姉さんの剣技があれば、この巨大ムカデだってひとたまりもないだろう。

俺は意識を失っているライザ姉さんの元へと、一目散に駆け寄っていく。

が、ここで俺の行く手を遮るようにもう一つの頭が姿を現す。

「もう一匹いたのか!!」

巨体に似合わぬ俊敏さで、巨大ムカデは蛇がとぐろを巻くようにライザ姉さんたちを取り込んでしまった。

半ば、人質に取られたような状態である。

まずいな、こいつら虫にしてはかなり頭が良いようだ。

俺たちの様子を見て、どこが弱点なのかを的確に判断している。

「こうなったら、私たちだけでやるしかないわね」

「ええ。でも、強力な魔法を使うとライザ姉さんたちが……」

困った俺たちは、メイリンの方を見やった。

俺たちをこの黒雲洞に誘い込んだ彼女ならば、ムカデへの対抗策も持っているかもしれない。

だが彼女もムカデの襲撃は想定外だったらしく、顔を引(ひ)き攣(つ)らせていた。

「ひとまずは休戦しましょう。ただ、私も戦いはあまり得意ではなくて……」

「さっき、あいつの顎をかわしたでしょ？　あの動きを見る限り、あなたも全くの素人ではなさそうだけど」

「……囮(おとり)ぐらいなら、何とかできると思います」

意を決したような表情で、メイリンはそう告げた。

それを聞いたシエル姉さんは、満足げな表情で頷く。

「なら、あいつらの気を少しだけ引いて。そうすれば、あとは私たちでやるわ」

「わかりました、やってみます！」

「そうこなくっちゃ！　ノア、この場所は魔力が不安定よ。魔法の範囲は最小限に絞って」

「うん、わかってる！」

こうして俺たちは二手に分かれると、それぞれが杖(つえ)と剣を手に構えを取った。

俺が後から現れた方、シエル姉さんが最初に現れた方を担当する形だ。

そして狙うはムカデの頭のど真ん中、ちょうど額に当たる部分。

そこを正確に撃ち抜かなければ、死に際に大暴れして大変なことになる。

特に俺が担当する方はライザ姉さんたちを巻き込んでいるため、暴れて締め付けられたりすると非常にまずい。

意識がない状態では、ライザ姉さんですら大怪我は必至だ。

しかし、ムカデたちも俺たちの動きを察したのだろう。

頭をしきりに動かして、狙いを定められないようにしてくる。

「メイリン！」

「はい！　これで……！」

口に手を押し当てると、メイリンは思い切り口笛を鳴らした。

ピィーッと澄み渡った音が洞窟全体に響く。

それと同時にムカデたちの動きが止まり、その黒い眼でメイリンを睨みつけた。

そして激しく顎を打ち鳴らし、一斉に飛び掛かってくる。

「今よ！　フラムティリー!!」

「どりゃあああっ!!」

シエル姉さんの手から、紅に燃える炎の槍が放たれた。

それと同時に俺は高く跳び上がると、ムカデの額に向かって剣を振り下ろす。

キィンッと激しい金属音。

それと同時に、泥水を思わせる緑の体液が激しく噴き上がった。

俺はそのまま力を込めてムカデの頭を割ると、そのまま地上へと降り立つ。

だがその瞬間、俺の後方から悲鳴が響く。

「くっ‼　いたぁっ……‼」

「シエル姉さん⁉」

腕から血を流し、倒れるシエル姉さん。

どうやら、攻撃の範囲を抑えすぎてムカデを即死させることができなかったらしい。

俺は慌ててポーションを取り出すと、それを傷口にぶっかける。

「姉さん、しっかりして！」

ポーションの効果で傷口が少しずつ塞がっていくものの、なかなか姉さんの顔色が良くならない。

追加で治癒魔法も使ってみるものの、改善の兆しは見えなかった。

それどころか、次第に血の気が引いて顔色が悪くなっていく。

これはもしかして、毒にやられているのか……？

俺がさらに追加のポーションを手にしたところで、メイリンが青ざめた顔で言う。

「どうして……！　私を庇(かば)うなんて……！」

「当然じゃないですか！　姉さんが庇わなかったら、メイリンはきっと死んでましたよ！」

姉さんのことだから、攻撃を受ける瞬間に防御魔法を発動していただろう。

それでこれだけのダメージを受けてしまっているのである。

メイリンが同じ攻撃を受けたら、間違いなく怪我では済まなかったはずだ。

「でも、私は裏切って……」

「そんなこと関係ない！　シエル姉さんは、誰だろうと見捨てることなんてできないんだ！」

俺がそう言うと、メイリンはハッとしたように目を見開いた。

彼女は顔を下に向けると、しばし何かを考え込むようにつぶやき――。

「わかりました。私もシエルさんを見捨てるわけにはいきません、付いてきてください！」

「ちょっと待って、どこに行くんですか？」

「急いでこの洞窟を出て、私の家に行きます。お祖母ちゃんなら、きっとあのムカデの毒も治せるはずです！」

「すぐに出られるの⁉」

「はい、十五分もあれば！」

思った以上の近さにびっくりしてしまう俺。

どうやらメイリンは、俺たちを少しでも長く黒雲洞に留めようとかなり頑張っていたらしい。

これなら、何とか間に合いそうだな……！

俺は急いでポーションをムカデから解放されたライザ姉さんたちに飲ませると、すぐに事情を説明した。

しかしここで、再び洞窟の奥からズルズルと何かを引きずるような音が響いてくる。

「ちぃ、また来た!!　みんな、急いで脱出しますよ！」

「こっちです、早く!!」

俺はシエル姉さんを背負うと、すぐにみんなに呼び掛けた。

こうして俺たちは、黒雲洞を出てメイリンの家へと急ぐのだった。

第四話　二つの信仰

「ここが、メイリンの家？」

黒雲洞を抜けて、山の斜面を全速力で下りること十数分。

俺たちはチーアンの街はずれに建つメイリンの家まで来ていた。

木と土で作られた素朴な家で、軒下に飾りのついた赤い提灯が吊るされている。

「今はここでお祖母ちゃんと二人で暮らしています」

「ご両親はいないの？」

「ええ。父と母は五年前に流行り病で倒れてしまって……」

寂しげな表情で告げるメイリン。

病気どころか、既に亡くなってしまっていたのか……。

俺は何とも言えない気分になる。

裏切りをしたのは事実だが、メイリンにはメイリンなりの事情がありそうだ。

こんな辺鄙な場所に住んでいるのも、何か訳ありな感じである。

「お祖母ちゃん、開けてください！　メイリンです！」

ドンドンと戸を叩くメイリン。

やがて奥からしわがれた声が聞こえると、家にぼんやりと明かりが灯った。

そして中から、白髪の老婆が姿を現す。

年の頃は七十前後といったところであろうか。

腰が大きく曲がっていて、顔には年輪のような深い皺が刻まれている。

しかしその声には張りがあり、しゃべり方もハキハキとしていた。

「どうしたんだい？　この方たちはいったい……」

「理由は後で教えるから！　すぐに解毒薬を用意して！」

「解毒薬？　ひょっとして、そこの子かい？」

そう言うと、老婆は俺が担いでいたシエル姉さんの顔を覗き込んだ。

そして彼女の額に触れると、カッと大きく眼を開く。

「こりゃいけないね！　大王ムカデの毒じゃないか！」

「触れただけでわかるんですか!?」

「ああ！　この高熱と首元にできてる発疹は、大王ムカデの特徴さ」

「治せそうですか……？」

「任せなさい。すぐに治療するから、入ってきておくれ！」

こうして家の中に入った俺は、すぐさま姉さんを寝台の上に横たえた。

どうやらメイリンの祖母は、薬師か医師を生業としているらしい。

部屋の天井から乾燥した植物が吊るされていて、奥には引き出しのたくさんついた薬棚が置かれている。

「ちょっとお待ちよ」

棚から数種類の葉を取り出すと、老婆はそれらを手際よく薬研ですりつぶした。

そうして出来上がった粉末を、すぐさま姉さんの口に入れて水で流し込む。

姉さんは苦しげな顔をしつつも、どうにかそれを飲み込んだ。

「これで一安心さねぇ。明日には熱も引いて症状も治まるはずだよ」

一仕事終えたとばかりに、額に浮いた汗を拭う老婆。

横にしたせいか、それとも薬が早くも効き始めたのか。

心なしか、シエル姉さんの呼吸も楽になっているように見える。

顔色も土気色をしていた先ほどまでと比べると、いくらか良くなったようだ。

「こんなに手際よく処置するとは……大したもんだぜ」

「うむ、並の薬師ではないな……」

「あたしの腕じゃなくて、材料がいいのさ。この辺りは良質な薬草が多いからね、お山の恵みだよ」

そう言うと、老婆はスッとメイリンに眼を向けた。

その眼光の鋭さに、たちまちメイリンの顔が強張る。

どうやら祖母の方は、メイリンが俺たちを騙したことについては知らなかったようだ。

「さて、メイリン。どうしてこうなったのか、詳しいことを教えてもらおうか？　アンタがついていながら、今の時期に黒雲洞に入るなんて普通じゃないことはわかるさね」

「……はい」

静かに頷きを返すメイリン。

彼女はわずかにためらいながらも、ゆっくりとここに至るまでの経緯を語る。

病気の母の治療のためと言って、俺たちに道案内を申し出たこと。

その途中で裏切りがバレて、シエル姉さんと言い争いになったこと。

さらにそこでムカデの怪物と遭遇し、戦いになったこと。

一部始終を聞いた老婆は、心底疲れたようにふうっとため息をつく。

「まったく……。ろくでもないことをしたもんだねぇ」

「ごめんなさい」

「謝るのはあたしじゃなくて、この人たちにだろう？」

「……申し訳ありませんでした」

こちらに向き直ると、深々と頭を下げるメイリン。

俺たちは互いに顔を見合わせ、少し戸惑いながらもその謝罪を受け入れることとした。

むしろ、逆に良いのだろうか？

この老婆も、チーアンの住民である以上は竜を信仰しているはずだ。

彼女からしてみれば、俺たちは信仰対象であるゴールデンドラゴンを倒しに来た不届き者なのである。

クルタさんたちも同じことを思ったのか、少し戸惑ったように尋ねる。

「……あんたらからしたら、俺たちは敵なんじゃないのか？」

「そうだよ。ボクたち、ゴールデンドラゴンを討伐しに来たんだよ？」

「それとこれとは話が別さ！　裏切りなんて卑怯な真似、どんな理由でもしちゃいけないよ」

そう言うと、老婆は俺たちの不安を豪快に笑い飛ばしてしまった。

そして俺たちの顔を見回すと、ゆっくりと語り始める。

「それに、私らの家は他の家とは少し違った教義が伝わっていてねえ。竜を恐れてはいても、敬っているわけではないのさ」

「お祖母ちゃん！　そんなこと言ったらダメ！」

大慌てで、祖母の発言を撤回させようとするメイリン。

もしかして、信仰の違いが彼女たち一家が街はずれで暮らしている理由なのだろうか？

危険を冒して俺たちをはめようとしたのも、ひょっとしてそこからなのか？

俺たちがあれこれと思案していると、やがて観念したようにメイリンが語り出す。

「……ええ、お察しの通りです。我が家は他とは違う教義を引き継ぐ異端の家。そのせいで、これまでさまざまな差別を受けてきたんです。だから、あなたたちの竜討伐を阻止して王の誕生を助ければ立場が良くなると思って……」

「なるほど。裏切りなどするようには見えなかったが、そういう理由だったのか」

「はい。本当に、ご迷惑をおかけしました」

改めて、深々と頭を下げるメイリン。

するとライザ姉さんが前に進み出て、剣の柄に手を掛けた。

そして――。

「理由は理解できた。しかし、そう簡単に許すわけにはいかんな。そなたのせいで、妹が死にかけたのだから」

「……わかっています」

「ならば、相応の罰を受けてもらおう」

「ね、姉さん⁉」

姉さんの言葉に俺たちが驚いた瞬間、剣が閃（ひらめ）いた。

美しく弧を描いた刃が、メイリンの頭を狙（ねら）う。

ま、まさか……⁉

予想外の行動に、俺やクルタさんたちは思わず声を漏（も）らした。

が、次の瞬間――。

「髪の毛……？」

頭の上でまとめられていた少女の髪が広がり、そして散ったのであった。

――○●○――

「これは……」

数十秒後。

床に散らばった黒髪を拾ったメイリンは、茫然とした表情でつぶやいた。

行動の意味が、とっさに理解できなかったのだろう。

するとライザ姉さんは剣を鞘に納め、フンッと鼻を鳴らして言う。

「髪は女の命という。今回はそなたを庇ったシエルに免じて、それで勘弁してやろう」

「………ありがとうございます！」

崩れるように膝をつき、そのまま床に額をこすりつけるメイリン。

それに対して姉さんは何も言わず、そのままスッと下がっていった。

心なしか、その口元は緩んでいたように見える。

返事こそしなかったが、メイリンの感謝を受け入れたようだ。

「さてと、今日はもう遅い。この子はうちで預かっておくから、あんたたちは街に戻るといいさ」

「あ、俺は残ります！　姉さんの世話を任せっきりにするのも申し訳ないですから」

「そうかい？　もともとは孫のしでかしたことだから、構わないのだけど……」

「いえ。それに、やっぱり姉さんの身体が心配ですし」

いまのところ安定しているようだが、いつ急変するかわからない。

治癒魔法が使える俺が横に付いていた方が、何かと安心だろう。

俺がこうして世話を申し出ると、ライザ姉さんもまた前に出てくる。

「私も残ろう、ノアだけでは心配だ」

「ならボクも！」

「む、クルタは残らなくていいぞ」

「なんでさ?」

「これは家族の問題だからな」

そう言うと、腰に手を当ててドーンと胸を張るライザ姉さん。

しかし、クルタさんも負けてはいない。

彼女は顔を真っ赤にすると、猛然とライザ姉さんに噛みついていく。

「ボクだって、シエルの仲間だよ？　付き添う権利ぐらいはあるんじゃないかな！」

「そんなこと言って、ノアが狙いなだけだろう？」

「ライザだってそうなんじゃないの？」

「そんなことあるか！　私は本当にシエルが心配なんだ！」

「まあまあ、落ち着いて！　揉めるなら二人とも出て行ってもらうよ！」

近くに寝ているシエル姉さんがいるのも忘れて喧嘩する二人に、俺はたまらず大きな声を出した。

すると二人とも、ハッとしたような顔をして下がっていく。

ここは仲良く、二人とも帰ることにしたらしい。

意外とこの二人って、こういう時は息が合うんだよな。

「では、シエルのことは任せたぞ」

「はい！」

「また明日の朝、お姉さまと一緒に来ます」

最後にぺこりとお辞儀をするニノさん。

彼女に引っ張られて、クルタさんは名残惜しそうな顔をしつつも去っていった。

ライザ姉さんも、彼女たちと共に家を出てゆっくりと街に向かって下りていく。

……ふぅ、これでちょっと落ち着いたな。

何だか少し疲れてしまった俺は、床にぺたんと腰を下ろした。

そんな俺に、老婆はそっとお茶を出してくれる。

俺は軽く頭を下げると、ありがたくそれを受け取った。

「あの子たちは、みんなあんたの仲間なのかい？」

「ええ。一緒に冒険してます」

「なかなか楽しそうじゃないかい。……で、どの子が本命なんだい？」

「ぶっ⁉」

思いもよらない問いかけに、俺はたまらず噴き出してしまった。

しかし、そんなことお構いなしとばかりに老婆はカラカラと笑いながら尋ねてくる。

「無難にあのクルタって子かい？　それとも、姉弟で禁断の愛？　はたまた、小さい子が好きかい？」

「な、何を言うんですか！　俺は別にそんなこと思ってませんって！」

「そんなことはないだろう？　アンタぐらいの年頃の男なんて、女の乳と尻のことしか頭にないさね」

「ちょっとお祖母ちゃん！　からかうのもほどほどにしてあげてよ！」

ここでようやく、メイリンが助け船を出してくれた。

かわいい孫の言うことには逆らえないのか、老婆は消化不良といった顔をしつつもゆっくりと引き下がる。

「……それよりも、気になることがあったので聞いてもいいですか？」

これ以上、からかわれてはたまらない。

俺は老婆が何かを言い出す前に、自分から話題を切り出すことにした。

その問いかけに彼女は、何でも聞いてくれとばかりに頷く。

「もちろんさ、何が聞きたいんだい？」

「この街の信仰についてです。その、恥ずかしながら詳しいことは知らなくて」

「そういうことかい。だったら、うちの信仰との違いも含めて教えてあげようかねぇ」

そう言うと、老婆はコホンッと咳払いをして胸を擦った。

そして喉の調子を整えると、いささか芝居がかった様子で語り出す。

もともと、人に何かを語るのが好きなのだろう。

心なしか、先ほどまでよりも声が弾んでいた。

「私たちの先祖はもともと、東方にある小さな国に住んでいた。だが、その国がダージェン帝国と呼ばれる大国の侵略を受けてね。かろうじて、一部の民が王家の宝を持ち出してこの大陸へと逃げ延びたのさ。これが今から千年ぐらい前の話だっていわれてる」

「なるほど、じゃあチーアンの人たちはもともと難民だったんですね」

「その通り。しかし、ダージェンは海を越えて追いかけてきた。それから逃げるうちに、とうとうたどり着いたのがこのラテト山の麓さ。そこでご先祖様は竜に出会ったんだよ」

いよいよ、竜の登場だ。

老婆はここが佳境とばかりに、身振り手振りも交えて話を盛り上げる。

「追い詰められたご先祖様たちは、竜に願った。どうか、宝と引き換えに我らを守護してくださいと。竜はそれを快く受け入れ、やってきたダージェンの兵士をことごとく焼き払ってしまった。それ以来、この地に住む民は竜を信仰するようになったといわれている」

「へえ……。確かに、それなら竜を信じるのも当然ですね」

「そう思うだろう？　だがねえ」

不意に、老婆は大きなため息をついた。

にわかにその眼つきが鋭くなり、顔の皺が深まる。

雰囲気を一変させた彼女に、俺もつられて固唾(かたず)を呑む。

これから老婆が語る話は、相当に重苦しいもののようだ。

形容しがたい緊迫感が周囲に満ちる。

「時に、あんたは王家の宝と聞いて何を想像する？」

「そうですね……。やっぱり、宝石とか？　それとも宝剣とか？」

「一般的にはそうさ。街の者たちもそう思っている。だが、うちに伝わっている話は少し違っていてね」

そう言うと、老婆は一拍の間を置いた。

そして、ゆっくりと噛みしめるように言葉を紡ぐ。

「王家の宝とは、王家の血を引く子のこと。つまり、私たちの先祖は生きるために大事な世継ぎを生贄にした謀反人ってことなのさ」

「……そんなことが」

老婆の語った話を聞いて、俺は渋い顔をしながらそうつぶやいた。

自分たちの先祖が大罪人であったなど、街の人々からしてみればおよそ受け入れがたい内容である。

メイリンたち一家が疎んじられているのも、ある意味で納得がいった。

残念ながら、街の人々が嫌うのも仕方がないと言えば仕方がない。

「必ずしも、こちらの話が真実とも限らないんですけどね」

「あたしとしては、こっちが本当だと思うけどねぇ」

「もう！　そんなことを言ってるから、街の人と揉めるんですよ！」

「あたしは平気さ、街の連中に嫌われるのも慣れちまったよ」

そう言うと、老婆は懐から煙管を取り出した。

そして魔石を弾いて火をつけると、ふうっと煙の輪を吐き出す。

その仕草は堂に入っていて、ずいぶんと世慣れた雰囲気であった。

きっと若い頃は、家の信仰が原因で散々苦労してきたのだろう。

荒波を乗り越えてきた人にしか出せない、独特の貫禄(かんろく)がある。

「それに、その方がいろいろ辻褄(つじつま)が合うのさ」

「……と言いますと？」

「あたしらの先祖を助けてくれたのは先代の竜の王だと言われている。だがこの王は、その直後に討たれちまった」

「ええ、大陸全土を巻き込む大きな戦いだったとか……」

「だが不思議なことに、あたしらの先祖は竜の王を討った国々と何事もなかったかのように友好を結んでいるんだ。変だと思わないかい？」

確かに……自分たちが信仰する者を討った人々と簡単には仲良くできないだろう。

いくら経済的な事情などがあったとしても、そうあっさりと割り切れないのが宗教というものだ。

ましてや、もともとチーアンに住む人々は保護を断られてここまで流れ着いたのである。

恨み骨髄に徹してしまっても不思議ではない。

「生贄と引き換えに助けてもらったと考えれば、それも納得がいくさね。恩があるとはいえ、人を食う竜なんていなくなってくれた方がありがたいぐらいだっただろうよ」

「でもそうなると……。逆に今の状況の方が変じゃありませんか？」

老婆の言っていることが正しいならば、なぜ人々は竜を神聖なものと崇(あが)めるようになったのだろう？

納得のいかない俺が疑問をぶつけると、老婆はうっすらと笑みを浮かべながら言う。

「そりゃ、竜を神聖なものとした方が楽だったんだろうさ」

「楽？」

「そう、このあたりはただでさえ耕地の少ない過酷な土地さ。その上、生贄を求める恐ろしい竜がいるなんて考えるよりも、聖竜様が守ってくださるなんて考えた方が楽だろう？」

よく言えばプラス思考、悪く言えば現実逃避に走ってしまったということだろうか。

それが世代を経ていくうちに、真実とすり替わってしまったと。

ありがちな話ではあるが、ちょっと腑に落ちないような感じもするなぁ。

俺がうんうんと唸っていると、今度はメイリンが言う。

「私は、竜は聖なるものだと信じたいですけどね。さ、このぐらいにして今日のところは休みましょう」

そう言って、気を取り直すようにメイリンはパンッと手を叩いた。

彼女はそのまま部屋の奥に向かうと、よいしょっと布団を抱えて戻ってくる。

「あ、俺が持ちますよ！」

「いいです、お客様なので！」

そう言って、床に布団を敷くメイリン。

普段から家事を手伝っているのか、なかなかに手慣れた動作である。

こうして寝床の準備が整ったところで、老婆がシエル姉さんの様子を見ながら言う。

「この様子なら明日には回復するだろう。そしたら、温泉で休んで体力を戻すといい」

「温泉ですか？　でも俺たち、街の人たちに避けられていて……」

「それなら心配ない。ちょっと登ったところに隠れ湯があってね。そこなら街の連中もほぼいないよ」

「おお、ありがとうございます！」

老婆に向かって、深々とお辞儀をする俺。

この街に来た時から、温泉のことが気にはなっていたんだよな。

生殺しのような状態がずっと続いていたのだけれど、こんなところで機会が巡ってくるとは。

ここはひとつ、お言葉に甘えて温泉で英気を養うとしよう。

「ちなみに言っておくと、風呂(ふろ)は混浴だよ。良かったねえ」

「こ、混浴⁉」

「そうさ、可愛(かわい)いお仲間のあんな姿が見放題だねえ」

「ぶっ⁉」

思わず妙な場面を想像して、俺は噴き出しそうになってしまった。

いい人なんだろうけど、こうやってからかってくるのが難点だなぁ。

　しかし、混浴って……大丈夫なのか？

　小さい頃は姉さんたちと一緒に入っていたけれど、流石に十歳を過ぎてからはない。

　だいたい、クルタさんやニノさんとは……。

「嘘ですよ！　ちゃんとお風呂場は男女で分かれてますから！」

「なんだ、びっくりした……」

「つまらない子だねえ。もっと慌てさせてからでもいいだろうに」

「そういうのはやめてって、言ってるでしょ？」

「おやおや、我が孫はこの年寄りから数少ない生き甲斐を奪うつもりかい？」

　そう言うと、老婆は目元を押さえながら俺にもたれかかってきた。

　そして大袈裟に泣き声を上げるのだが、涙は一滴たりとも出てはいない。

　嘘泣きであることは誰の眼にも明白であった。

「あはは、長生きしそうだなあ……」

　もたれかかってくる老婆の身体を支えながら、俺は困ったようにそうつぶやくのだった。

第五話

つかの間の休息

「ふぅ～～!!　いい気分だぜ！」

翌日、俺たちはメイリンの案内で山の温泉を訪れていた。

昔は街の住民もよく利用した場所だそうだが、より便利な場所に源泉が見つかったため廃れてしまったらしい。

そのため、街の人との接触を避けたい俺たちでも人目をはばからずに利用できるとのことだった。

とはいえ、設備自体はしっかりしたもので大きな湯殿はもちろん脱衣所なども完備。

おまけに山の斜面にある温泉のため、湯船からは遥かチーアンの街を見下ろすことができる。

まさしく言うことなしの絶景温泉だ。

「やっぱり温泉はいいですねー」

「ああ。身体が疲れた時は一番だ」

ドボンッと肩までお湯に浸かるロウガさん。

眼を細めて、何とも気持ちよさそうな顔をしている。

俺も全身を石鹸で洗うと、泡を流してすぐに湯船に浸かった。

乳白色のお湯がしっとりとした肌触りで、全身が優しく包み込まれるようだ。

そして、全身の力が心地よく抜けていく。

前にラズコーの谷周辺でも入ったことがあるが、あの時よりもいいかもしれない。

「ふぅ……。天国ですねえ」

「ああ。惜しむらくは、ここが混浴じゃねえってことだな」

そう言うと、女湯と男湯を隔てる大岩を見やるロウガさん。

家ほどの大きさがあるそれは、斜面に大きく迫り出していて、間違っても覗きなどできないようになっていた。

「ロウガさんはいつもそれですね……」

「まー、男なんてそんなもんだろ。むしろ、ジークは欲が無さすぎねーか？」

「別にそういうわけじゃないですけど」

「なら聞くが、お前はどんな女が好きなんだ？　言っておくが、優しい人とかはなしだぜ」

ニヤニヤッと少し嫌らしい笑みを浮かべながら、俺にすり寄ってくるロウガさん。

そう言われても、あんまり考えたことないんだよな……。

実家から出してもらえなかった俺は、同年代の男子との付き合いがほとんどなかった。

そのため、こういう話題にはどうにも慣れていない。

すっかり困ってしまって、逆にロウガさんに聞き返す。

「なら、ロウガさんはどんな人が好みなんですか？」

「俺か？　そうだな……。胸がドカンとデカくて色気があって、気風のいいねーちゃんとか最高だな」

ロウガさんの言葉を聞いて、俺はヴェルヘンで出会ったラーナさんの姿を思い出した。

しなやかな肢体にくびれた腰、量感たっぷりに膨らんだ胸。

目鼻立ちははっきりとしていて色気があり、それでいて男勝りな気風の良さを窺わせる。

ロウガさんの求める条件を、十二分に満たした人物であった。

「あー、それでラーナさんとペアを組んでたんですね」

「待て待て、何でそこでラーナが出てくる⁉」

「だって、ロウガさんの言う女性ってまんまラーナさんじゃないですか」

「あれは違う！　見た目はそうかもしれんが、中身は絶対に違う！」

いささかムキになって否定するロウガさん。

彼はそのまま、俺から少し距離を取ってしまった。

ありゃ、少し怒らせてしまったか。

けどとりあえず、さっきの質問には答えなくても良さそうだな。

俺はほっと胸を撫で下ろすと、再び肩まで湯船に浸かる。

「そういえば、このお風呂ってサウナもあるみたいですよ」

「蒸し風呂のことか？」

「ええ。地熱を利用しているとかで、すごく気持ちいいとか。それに、サウナの方は混浴らしいです」

「それを早く言え！」

急に眼の色を変えて、すごい勢いで湯船から上がっていくロウガさん。

彼は手拭いで身体を軽く拭くと、そのままサウナのある岩陰の方へと向かっていく。

まったく、わかりやすい人だなぁ……。

ここまでくると、逆にすがすがしさすら感じる。

「ああ、ちょっと待ってください！」

「なんだ？　俺は急いでいるんだ！」

「サウナに入るには、専用の服を着ないとダメです！」

「……なんだ、着衣なのか」

へなへなとその場に崩れ落ちてしまったロウガさん。

俺はやれやれとため息をつくと、湯船から出て脱衣所に入った。

そしてメイリンから預かっていたサウナ用の白い服を手に取って、ロウガさんに渡す。

「これです」

「ほいよ。へえ、手触りがいいな」

「サウナから出たら、そこの湧き水で身体を流すといいとか。調子が整うらしいですよ」

「そいつは良さそうだ。んじゃ入るか」

こうして、服を着た俺たちはサウナの中へと足を踏み入れた。

すると驚いたことに、既に先客がいた。

ライザ姉さんである。

「む、お前たちも来たのか」

「ええ、せっかくなので。姉さんこそ、何やってるんですか？」

なぜか、サウナの中で胡坐をかいていたライザ姉さん。

既にかなり長い時間入っていたようで、その額にはじっとりと汗が滲んでいた。

肌もほんのりと上気していて、普段はない色気がある。

「うむ、精神修養にちょうどいいと思ってな。座禅をしていたのだ」

「ざぜん？　何ですか、それ」

「メイリンに聞いた東方の修行法だ。結構いいぞ」

「へえ……。でも、やりすぎないでよ？」

健康になるはずのサウナで倒れてしまっては、元も子もない。

俺がそう注意をすると、姉さんはわかったわかったとばかりに軽く頷いた。

そうしていると、今度は反対側の扉が開いてクルタさんたちが中に入ってくる。

俺たちと同様、みんなでお揃(そろ)いの白い服を着ていた。

女性用と男性用は少しデザインが違うようで、女性用は身体にぴったりとしたものになっている。

「意外と、これはこれで……」

「む、ロウガは何を見ているんですか？」

「ははは！　人聞きが悪いな、何も見てないって」

警戒感をあらわにするニノさんに、笑って誤魔化(ごまか)そうとするロウガさん。

しかし、その視線は明らかに女性陣の胸元(むなもと)へと注(そそ)がれている。

薄手の服が汗で肌に張り付き、胸のラインがはっきりとわかるようになってしまっていた。

「……やはり一番はライザか。最下位はシエルだな」

やがて、ぼつりとつぶやくロウガさん。

かなり小さな声であったが、ここは狭いサウナの中。

本人が思った以上にはっきりとみんなに聞こえてしまった。

そして――。

「何が最下位なのかしらね？　え？」

「え？　いや、俺は別にシエルが小さいとは……」

「やっぱり思ってたんじゃないの!!」

たちまち炸裂する、シエル姉さんの氷魔法。

ロウガさんはそのままサウナの中で氷漬けとなってしまう。

「これで邪魔者はいなくなったわね」

氷漬けとなったロウガさんを見て、満足げに笑うシエル姉さん。

ロウガさんには少し悪いけれど、まあ自業自得だろう。

ほんと、女性絡みのことさえなければ頼りになるいい人なんだけどなぁ。

まあ、女性に興味がないロウガさんというのも想像できないけど。

「あはは……。姉さん、すっかり本調子ですね」

「まあね。あのお祖母ちゃん、ほんとに腕のいい薬師だわ」

そう言うと、体調の良さをアピールするように姉さんは腕をグルグルと回した。

魔法のキレを見る限り、魔力の方も絶好調のようである。

「それに、隠し事がなくなってすっきりしたしね」

「まったく……。竜の王の誕生など、もっと早く言うべきだったな」

少しばかり棘のある言い方をするライザ姉さん。

俺と同様、重要なことを言ってもらえなくて怒っているようである。

クルタさんたちも、それに同調してうんうんと頷く。

冷静ではあるが、彼女たちの眼には悲しみと怒りが感じられた。

「確かにちょっと驚いたけど、それを聞いたからってビビったりしないよ」

「そうです。お姉さまにも失礼です」

「……今回のことに関しては、ほんとに私が悪かったわ。ごめんなさい」

自身に非があることを素直に認めるシエル姉さん。

彼女にしては珍しい行動だが、今回に関しては仕方がないのだろう。

いくら俺たちを怖がらせないためとはいえ、大事なことはきちんと仲間に伝えるべきだ。

それが将来の信頼を生むことにつながるのだから。

「しかし、これからどうする？　もう一度、あの黒雲洞を抜けていくのか？」

「……それはちょっと勘弁してほしいところね」

ムカデの巣となってしまっている洞窟を抜けていくのは、流石にもう嫌なのだろう。

かといって、ドラゴンの群れを突っ切って谷に直接向かうのも難しい。

シエル姉さんは軽く腕組みをすると、困ったように唸り始めた。

俺たちも頭を捻るが、なかなか妙案は出てこない。

するとここで、メイリンが遠慮がちに言う。

「あの、実は谷に通じる道はもう一つあるんです！」

「え？　それ本当なの？」

「はい。でも、普段は結界で閉ざされていて儀式のときにしか開かれないんです」

「その儀式ってのは、いつなの？」

「三日後です。竜王様が誕生する直前に、それを祝う儀式を行うんです」

それを聞いて、少し考え込むシエル姉さん。

俺たちの目的はゴールデンドラゴンの討伐と強奪された魔結晶の奪還。

そして、新たなる竜の王の誕生を阻止することである。

この中で最も優先順位が高いのは、竜の王の誕生を未然に防ぐこと。

これが果たされなければ、最悪、大陸全土が災厄に見舞われてしまう。

「……竜王が誕生する時期って、チーアンの人たちは正確にわかるの？」

「導師様の予想だと、あと五日だそうです」

「導師様？」

「はい。この街で代々、竜に仕えるとされているお方です。普段は顔をお見せにならないのですが、不思議な力を使えるとか」

また新たな人物が登場した。

竜に仕える導師か……何となく怪しい気配がするのは気のせいだろうか？

メイリンの家の話を聞いた後なので、そう感じるだけかもしれないが。

「何とか儀式に潜り込んで、ゴールデンドラゴンを不意打ちして倒す。それが一番かもしれないわね」

「でも、儀式に潜り込むってどうやって？」

「儀式には街の人たちも参加します。結構な大人数で行くので、そこに紛れ込めば……」

「でもボクたち、顔を知られちゃってるなぁ」

困ったようにつぶやくクルタさん。

そういえば、協力者を探すために街中の人に声を掛けていたのだっけ……。

変装したとしても、彼女たちが儀式に潜り込むのは難しそうだ。

「あんまり顔を知られていないのは、ノアと私とライザぐらいかしらね」

「寝込んでた俺はともかく、姉さんたちもですか？」

「ええ。私はあんたの世話をしてたし、ライザは山で修行してたから」

なるほど、そういうことか。

それなら確かに、姉さんたちの顔は宿の人たちぐらいしか知らないだろう。

彼らにしても、俺たちとは接触しないようにしているようで、あまり顔を合わせることはない。

うまく変装して魔法で気配を消せば、何とか誤魔化せそうだ。

「そうなると、残念だけどボクたちは別行動ってわけか」

「もしかすると、ゴールデンドラゴンが倒れると群れが崩壊するかもしれません。そうなると、はぐれたドラゴンたちが街に来ることも考えられます」

「なるほど……。じゃあ、いざという時に街のみんなを守るのがボクたちの役目だね」

ニノさんの言葉に、納得したように頷くクルタさん。

こちらとしても、街に彼女たちが残ってくれるならば安心である。

いろいろあったけれど、これでどうにかゴールデンドラゴンを倒す目途がついたな。

俺はふーっと息をつくと、サウナの壁にもたれかかる。

「うむ、では三日後までにさらに技を磨いておかねばな」

「あ、言っておくけど本当にやばくなるまでライザは手を出したらダメよ」

「わかっているさ」

「ボクたちもいろいろ準備しないとね。……あっ」

ここでクルタさんが、しまったとばかりに声を上げた。

その視線の先には、ロウガさんの入った大きな氷がある。

サウナの熱気で溶けたとばかり思っていたが、魔法の氷は思ったよりも溶けにくかったようだ。

氷の中で、ロウガさんの顔がすっかり青くなってしまっている。

どうりで、サウナに長時間いたのにみんな平気な顔をしていると思った！

こんな氷の塊が残っていれば、涼しいわけだ。

「……死んだ？」

「いや、勝手に殺しちゃダメですよ！　ロウガさーーん!!」

慌てて氷を砕き、ロウガさんを救出する俺たち。

彼がどうにか復活を果たしたのは、それから三十分ほど後のことだった。


——○●○——


「よし、これでばっちり！」

丹念に研いだナイフを見ながら、満足げに笑うクルタさん。

温泉での出来事から、はや二日。

いよいよ儀式を明日に控え、俺たちは最後の準備に取り掛かっていた。

それぞれに武器を整備しつつ、必要な物資をマジックバッグに放り込んでいく。

「しかし、本当にうまくいくのか？　例の導師様ってやつの情報もほとんど手に入らなかったぜ？」

ここにきて、不安げな顔でつぶやくロウガさん。

今日までの間、彼とニノさんには導師を名乗る人物の情報を集めてもらっていた。

しかし、口止めでもされているのか街の人々からはほぼ何も聞きだすことができなかった。

わかったのは、導師と名乗る人物が現れたのは先代の竜王が討伐された後だということ。

そして、ある種の予知能力を持っているということぐらいだ。

何でも、これまでに街を襲う災害を何度も予知してきたらしい。

もっとも、これに関してはシエル姉さんが天候の知識があれば可能と言っていたが。

「そうはいっても、ここまで来て引けないわ。やるしかない」

「うーん、だがなぁ……」

腕組みをしながら、煮え切らない表情をするロウガさん。

どうにも、彼はメイリンのことをいまだに信用できないと思っているらしい。

儀式の話についても、最初から少し懐疑的だった。

「心配しすぎですよ。ロウガはガサツに見えて小心者なんですから」

「俺はただ、年長者として大人の意見を言ってるだけだ」

「年長者の威厳を見せたいなら、普段から年長者らしい振る舞いをしてください」

ニノさんにそう言われて、ロウガさんは何も言い返すことができなかった。

……まぁ、大人の威厳を見せるにはいろいろと日頃の行いが悪いからなぁ。

痛いところを突かれて、身を小さくするロウガさん。

その様子を少し気の毒だと思うが、こればっかりはしようがない。

「まあ、ロウガさんの意見もわかりますけどね。今はメイリンを信用するほかないですから」

「問題はそれよりも、どうやって儀式に紛れ込むかだな。変装と言っても、当てはあるのか？」

ここで、ライザ姉さんが話題を切り替えた。

するとすかさず、シエル姉さんがマジックバッグの中から色鮮やかな衣装を取り出す。

紅に金色の刺繡が施されたそれは、チーアンの女性がよく着ている物と同じデザインだ。

もっとも、色合いについてはかなり派手なのだが。

「はい、これ」

「む、ずいぶんと薄くてひらひらしているな」

「街の古着屋で買ってきたのよ。ライザのサイズはそれしかなかったから」

どこか嫌味っぽく告げるシエル姉さん。

そういえばチーアンの人って、どちらかというと肉付きの薄い身体つきをしているからなぁ。

ライザ姉さんのような体形をしている人は、ほとんどいないのだろう。

それで、こんな派手な物しかなかったという訳か。

「試着してみて。もし合わなかったら調整しないと」

「わかった」

衣装を手に、隣室へと消えていくライザ姉さん。

カシャンカシャンと鎧が床に落ちる音が聞こえた。

そして数分後、再び戻ってきた彼女の姿は――。

「おお、いつもとは全然印象が違うね！」

「これは、もしかするとお姉さまにも引けを取らないかも」

「ほう、なかなか色っぽいじゃねえか」

口々にライザ姉さんのことを褒めたたえるクルタさんたち。

紅に金糸を織り交ぜた光沢のある生地。

それが身体のラインに密着し、スタイルの良さを際立たせていた。

さらに下半身には深いスリットが入っていて、健康的な太ももがチラリと覗く。

剣士という印象が強い普段のライザ姉さんと違って、女性的な魅力が前面に出ていた。

「どうだ、ノア？　いいだろう？」

裾を持ち上げ、太ももを見せつけてくるライザ姉さん。

俺をからかっているのだろう、実にいい笑顔をしている。

これは、どう反応すればいいんだ……？

素直に褒めるのも、何だか気恥ずかしい感じがするよな……。

俺が答えに窮していると、シエル姉さんがはいはいと会話を断ち切った。

「まったく、剣聖ともあろうものがはしたないわよ？」

「ノアが困った顔をするのが、ついつい面白くてな」

「やめてくださいよ、姉さん」

「ははは、すまんすまん！」

口では謝る姉さんだが、全く懲りた様子はなかった。

本当に困ったものである。

ライザ姉さんに限らず、みんな俺をからかうのが好きすぎるんだよな……。

俺がやれやれとため息をついていると、今度はシエル姉さんが隣室へと消えていく。

「お待たせ。どうかしらね？」

やがて戻ってきたシエル姉さんは、ライザ姉さんとほぼ同じ型の服を着ていた。

ライザ姉さんの服が赤地に金糸なのに対して、こちらは緑地に銀糸だ。

スリットも少し浅く、いくらか落ち着いた印象である。

活発な剣士であるライザ姉さんに対して、静かな魔導師であるシエル姉さんの特徴がよく表れていた。

「似合ってるじゃないか！　へえ、可愛（かわい）い……！」

「うむ、シエルとよく合っている」

「当然じゃない。ちゃーんと似合うのを選んだんだから」

自身のセンスが褒められてうれしいのか、満面の笑みを浮かべるシエル姉さん。

彼女はそのままご機嫌な様子で、俺にも服を手渡してくる。

「はいこれ。ノアも早く試着してきなさい」

「わかった、ちょっと待ってて」

隣室に移動すると、さっそく姉さんの用意した服に袖を通す。

姉さんたちの着ていたものとは違って、ゆったりしたデザインで下にズボンを穿くようになっていた。

色は光沢のある黒で、派手な模様などがないのが男らしい。

流石はシエル姉さん。

いつ買ったのかは知らないけれど、実にいいセンスをしている。

俺たち姉弟の中では、エクレシア姉さんに次ぐかもしれない。

「どうですか？」

「おー、決まってる！」

「なかなか男前じゃねえか」

部屋に戻ると、口々に褒めてくれるクルタさんたち。

一方、シエル姉さんは笑みを浮かべながらも冷静に言う。

「ちょっと動いてみて。もし動きづらかったりしたら困るから」

姉さんに言われるがまま、動くのに問題がないかを確認する俺。

こうして、儀式への潜入に向けて準備が着々と整っていくのだった。

——○●○——


チーアンの街を見下ろす崖の上。

そこにひっそりと佇む小さな社がある。

竜の信仰を司る導師は、ここで俗世から離れた生活を送っていた。

「いよいよ儀式も近い。準備に抜かりはないか？」

黄金で造られた竜の像。

それに祈りを捧げながら、導師は背後に控える男たちに尋ねた。

すると男の一人が、顔を伏せたまま前に出て言う。

「はい、万事整っております」

「うむ。明日の儀式は我らにとって最も重要な儀式だからな」

「もちろん、わかっておりますとも」

「して、例の冒険者どもはどうだ？」

先ほどと比べて、いくらか強い口調で問いかける導師。

例の冒険者どもとは、ゴールデンドラゴンの討伐に来たシエルやジークたちのことである。

忌々しいことに、さまざまな妨害を仕掛けたにもかかわらず彼女たちはいまだ街に滞在し続けていた。

ている
「白龍閣（はくりゅうかく）に逗留（とうりゅう）を続けているようです。ただ、宿に潜らせている者によると仲間割れをしているとか」

「ほう？　それはどういうことだ？」

「仲間の何人かが、討伐を諦（あきら）めて帰ろうと言っているとか。食堂で激しく言い争っていたようです」

「無理もない。冒険者どもとしても、あれだけ竜が集まっているのは想定外だっただろう」

「それで明日の朝、何人かがラージャの街に帰るようです」

男の報告を聞いて、導師は満足げに頷いた。

その様子では、もうまともに依頼を遂行することはできないだろう。

残った方もいずれは無謀な突撃をして、無惨に撤退するのが関の山に思えた。

「そうかそうか、それは素晴らしい。あの裏切りの一族も少しは役に立ったか」

「そのようで」

「まぁ、あの者たちの罪状を考えればこの程度では足りぬがな」

突き放すように告げる導師。

一族の汚名を雪（そそ）ごうと動いたメイリンであったが、何をしようと導師は許すつもりなどなかった。

彼にとってメイリンは、汚れ仕事も率先して行う都合のいい存在にすぎなかったのである。

そんな便利な駒を自分から手放すことなど、するはずがない。

「ではそろそろ、お前たちは下がって良いぞ」

「はっ！　失礼いたします！」

キビキビとした動きで社を後にする男たち。

一人残された導師は、不意に姿勢を崩して言う。

「単純なものよ。あと少しで、我らの望みが果たされる……」

そうつぶやく導師の口からは、人にはない牙(きば)が覗いていた――。

第六話 儀式の始まり

「だから、討伐なんてもう無理ですって！」

「そうだ、ここはいったんラージャに戻って体勢を立て直そう！」

「臆病だな、今がチャンスだとは思わねーのか？」

儀式当日の朝。

俺(おれ)たちは白龍閣(はくりゅうかく)の前で激しい言い争いをしていた。

討伐は無理だと判断した俺たちとあくまで続行を支持するクルタさんたちの争いである。

……もっともこれは、敵の目を欺くための演技なのだが。

「じゃ、俺たちは先に帰りますからね！」

「どうぞどうぞ、勝手にしなよ。ボクたちは意地でもゴールデンドラゴンを倒すんだからね！」

俺に向かって、あっかんべーと舌を出すクルタさん。

それに対して、ライザ姉さんが挑発的な笑みを浮かべる。

「ははは！　お前たちだけでゴールデンドラゴンを倒せるものか！　バカも休み休み言え！」

「む、言ったな!?　必ず倒すんだからね！」

「無理無理、だいたい依頼主の私が帰るって言うのにどうするのよ？」

ここへさらに、シエル姉さんまでもが参戦した。

腰に手を当てて、小姑さながらに嫌味ったらしい笑みを浮かべている。

普段は掛けない眼鏡なんてして、ここぞとばかりにエリート意識をむき出しにしていた。

「ま、所詮は頭の足りない冒険者の考えることねえ」

「……お姉さまを馬鹿にしないでいただけますか？」

「何よ。私は事実を言っているだけよ？」

「聞き捨てなりませんね」

スッとクナイを手にするクルタさん。

シエル姉さんもまた、負けじと杖を握り締めた。

おいおい、まさかこんな街の真ん中で喧嘩を始めるつもりか……!?

演技じゃなくて、本気で怒っているような雰囲気だぞ。

ひやりとした俺は、慌てて二人の間に割って入る。

「こんなところでやめてくださいよ！　とにかく、さっさと帰りましょう」

「……それもそうね」

「ええ、本当に手が出るところでした」

そう言うと、微かに口元を緩めるニノさん。

こうして争いが収まったところで、俺たちは白龍閣を後にする。

そして、ラージャに続く街道をゆっくりと歩き始めた。

「……まだいますか？」

「もういないな」

「ええ、私の魔力探知にも引っかからないわね」

道なりに進むこと十五分ほど。

俺たちは監視がいなくなったことを確認して、ようやく足を止めた。

喧嘩別れして帰ったように見せかけて、儀式に忍び込みやすくするための策。

急な計画だったためどこまでうまくいくかは不安だったが、ひとまず成功したようである。

「あとは、街の人に見つからないように戻ればオッケーですね」

「ええ。道はメイリンに調べてもらってるわ」

そう言って、懐(ふところ)から地図を取り出すシエル姉さん。

俺たちはそれを頼りに、川に沿うようにして街の方へと戻っていく。

街の中心を抜ける川は、うまい具合に死角となっていた。

こうして差し掛かった橋の下で、メイリンの姿を見つける。

「……！」

彼女は俺たちの姿に気づくと、無言で手を振って誘導を始める。

それに従ってさらに進んでいくと、やがてはメイリンの家のすぐ近くへと出た。

「ここまでくれば安心ですよ！」

「ふぅ、うまくいったわね！」

「あとはうちで着替えを済ませて、街に戻りましょう！」

こうして、俺たちは手早く着替えを済ませて街に戻っていった。

さあ、儀式はもうすぐだぞ……！


――○●○――


「……ずいぶんと集まってますね」

儀式に参加するため、導師のいる社（やしろ）へと向かう途中。

俺は集まってきた人の多さに、思わずつぶやいた。

ラト山の麓（ふもと）にあるチーアンは、辺境ゆえにさほど大きな街ではない。

そうだというのに、俺たちと同じように社に向かって歩いていく人がぞろぞろ。

どうやら今回の儀式には、住民の大半が参加するようだ。

「数百年に一度の儀式ですからね。動けない人以外はほぼ参加すると思いますよ」

「そりゃそうなるわよね。私だって、竜の王はちょっと見てみたいもの」

かつて大陸に大いなる災いをもたらしたという竜の王。

恐ろしい存在ではあるが、同時に気になる存在でもある。

怖いもの見たさというべきだろうか、何となくシエル姉さんの感覚は理解できた。

まあ、チーアンの人々は竜を神聖な存在と見なしているのでまったく別なのだろうが。

「私も、一度戦ってみたいものだ」

「……言っとくけど、わざと誕生させたりしないでよ？」

不穏な言葉を発するライザ姉さんに、思わずツッコミを入れるシエル姉さん。

いくらライザ姉さんが脳筋(のうきん)だからって、流石にそんなことはないよな？

強敵と戦うことが大好きな姉さんが燃える理由はわからんでもないのだけど。

「さ、そろそろ着きますよ」

こうして人の流れに乗って歩くこと十数分。

俺たちはチーアンの街を見下ろす崖の上へとやってきた。

ちょうど、メイリンの家からは街を挟んで反対側の場所である。

そこに木造の小さな社が建っていて、前に大きな人だかりができている。

ざっと見ただけでも百人以上は集まっているようだ。

「あれが導師って人？」

「ええ、そうです」

やがて社の中から、白髪の老人が姿を現した。

顔に刻まれた深い皺と曲がった腰からして、七十歳にはなっているだろうか。

真っ白な衣を纏っていて、どこか浮き世離れした雰囲気がある。

しかしその眼光は鋭く、こちらを睥睨しているようであった。

「皆の者、ついにこの日が来た！　ともに竜の王の誕生を祝い、新たな時代を迎えようではないか！」

老人とは思えないほどに、張りと威厳のある声。

それに応じて、たちまち群衆が喚声を上げた。

……声に微かに魔力が混じっているのか？

形容しがたい高揚感を覚えた俺は、すぐにシエル姉さんに尋ねる。

「これってもしかして……」

「ええ、古典的な洗脳手法ね。不思議な力って、やっぱりただの手品じゃないのよ」

眉間に皺を寄せ、不機嫌そうな顔をするシエル姉さん。

この手の輩のことを、あまり快くは思っていないのだろう。

だがそんな姉さんをよそに、群衆たちはさらにヒートアップしていく。

「よし、では参ろうではないか！　皆の者、ワシについてこい！」

群衆たちを引き連れて、導師は山道を歩き始めた。

さて、谷に通じる秘密の道とはいったいいかなるものであろうか？

そう思いながら進んでいくと、意外なことに導師は街の方へと下りていく。

そしてそのまま、街の大通りへと出てしまった。

「ここだ。お前たちは少し下がっていろ」

やがて広場に差し掛かったところで、導師は群衆たちを一時待機させた。

そして手にしていた杖で、広場の中心に置かれていた竜の像の足元を叩(たた)く。

するとザラザラと石が滑るような音がして、大きな地下通路が姿を現す。

大人数での移動を想定しているのか、大人が五人は横に並んで歩けるほどの幅があった。

「なかなか大した仕掛けだな」

「ええ。それに、通路の奥から強い魔力を感じるわ。結界ね」

「今まで全く気づかなかった……」

広場の地下にこんなものがあったなんて。

チーアンにはかれこれ一週間以上は滞在しているが、全く気が付かなかった。

街の中で魔力探知を使ってみたこともあるが、なぜ反応しなかったのだろう？

俺が首を傾(かし)げていると、シエル姉さんがスライドした石畳を見て言う。

「あの石、魔力が漏(も)れないように加工がしてあるわ」

「でも、普通の材質ですよね？」

「裏に古代文字が刻んであるのよ。けど、この手の技術は……」

思うところがあるのか、首を傾げるシエル姉さん。

しかし、まだ確証がないらしくそれ以上は何も言わなかった。

そうしている間にも導師は階段を下りて地下に赴き、結界を解除する。

「下りてこい！　聖竜様が我らを待っているぞ！」

こうして地下通路に入って進んでいくと、次第に空気の質が変わってきた。

どうやら、竜の谷から濃密な魔力が流れ込んできているようである。

魔力をたっぷりと孕んだ空気は、わずかに液体のような質感があった。

「………これは！」

ある程度進んだところで、得体の知れない何者かの気配を感じた。

もしかしてこれが、ゴールデンドラゴンなのか？

俺たちが今まで遭遇してきたドラゴンとは、まるで違う生き物のようにすら感じられた。

まだ姿を見てすらいないというのに、強大な力を秘めていることがはっきりとわかる。

「凄まじいな。ララト山の魔力が一か所に集まっているのか？」

普段は魔力などほとんど感じないライザ姉さんが、顔をしかめて言った。

それだけ、凄まじいエネルギーが集中しているということである。

これほどの魔力を投入して生み出される生命体……。

想像するだけでも恐ろしい存在だ。

シエル姉さんが俺たちに竜の王の存在を伏せた気持ちも、今ならば少し理解できる。

「さあ、着いたぞ！　おお……‼」

やがて地下通路を抜けて、谷底へとたどり着いた俺たち。

そこに待ち受けていたのは――。

「グオオォ……！」

金色に輝く翼を持つ、巨大なドラゴンであった。

――○●○――

「おーおー、すごい数だな」

時は遡り、ジークたちが地下通路に入った頃。

白龍閣に残ったロウガたちは、移動する街の人々を窓から眺めていた。

不測の事態に備えて街に残った彼らだが、この分なら儀式の場に向かった方が良かったかもしれない。

街の人々の大部分は、導師について竜の谷へと移動してしまうようだ。

「でも、意外とまだ残ってるんじゃない？　子どもたちとか」

そう言ってクルタが指さした先では、子どもたちが追いかけっこをして遊んでいた。

儀式に参加するのは大人たちだけのようで、子どもは街に残されたらしい。

大人のいない街で、彼らはここぞとばかりにはしゃぎ回っていた。

一見して微笑(ほほえ)ましい光景だが、これから起こるかもしれないことを考えると恐ろしい。

「いざという時は、私たちが守らないといけませんね」

「ああ、そうだな。まあ、何もないのが一番なんだが」

不安げな眼差(まなざ)しでラグト山を見上げるロウガ。

竜の谷には、今も数えきれないほどのドラゴンが集結していることだろう。

ジークたちならば、ドラゴンの一頭や二頭は物の数ではないが……。

流石にあれほどの数となると、無事に帰って来られるかわからない。

以前も、ジークが命がけの賭(か)けに出てどうにか帰還できたぐらいなのだ。

「今のところ、ボクたちにできるのは待つことぐらいかな」

「それもそうか。しかし、部屋で静かに待つってのもなかなか辛(つら)いな」

「本でも読んだら？　結構面白(おもしろ)いよ」

そう言うと、クルタはカバンの中から一冊の本を取り出した。

『イルファーレン物語』と大きく記されたそれは、いま流行りの恋愛小説である。

全十巻にも及ぶ大作であるが、クルタはすべて読破して二周目に突入したところだった。

冒険者というのは、馬車での移動などで時間を取られることも多い。

そのため、読書を趣味にしている者は案外と多いのだ。

「おいおい、俺はそんなの読まねえよ」

「えー、すっごく面白いのに！」

「そうですよ、私も読みましたけど傑作です」

「つってもなぁ……」

『イルファーレン物語』は、王宮を舞台にした華やかな恋愛小説である。

甘く切ないストーリー展開に定評があるが、あいにく、ロウガはそういった作品は好みではなかった。

どちらかといえば、彼は漢（おとこ）の浪漫が溢（あふ）れる冒険譚（ぼうけんたん）が好きなのである。

最近のお気に入りは、東方を舞台にした『コゴロウ剣豪譚』であった。

こうして彼が渋い顔をしていると、クルタが笑いながら言う。

「ほんとに面白いんだって！　あのライザも読んでるんだよ」

「あ？　あのライザが？」

「そうそう。一週間ぐらいで全部読んじゃったって」

そう言って、楽しげに笑うクルタ。

一方のロウガは、ライザと恋愛小説がどうにも結びつかず変な顔をしていた。

あの堅物で武骨なライザが、恋愛小説を読むとは思えなかったからだ。

そもそも、読書をたしなむというイメージ自体があまりない。

「やっぱ、年頃の女はみんな恋愛ものが好きなのかねえ」

「私はおどろおどろしいホラーとかも、結構好きですけどね」

「ニノって、たまにゲテモノ好きなところあるよね」

ニノの個性的な趣味に、やや引き気味なクルタ。

それを見たニノは、いけないとばかりに口を閉じて顔をそらす。

少女の小さな頬（ほお）が、恥ずかしさで朱に染まった。

「ま、趣味は人それぞれってことだろ」

ロウガがそう言ったところで、部屋の扉がトントンと叩かれた。

いったい誰（だれ）が来たのだろう？

来客に心当たりのない彼らは、即座に武器を手にして警戒態勢を取る。

ひょっとすると、街の人たちが芝居に気づいて乗り込んできたのかもしれなかった。

「……誰だ？」

「宿の者です。ギルドの方から連絡がありまして、取り次ぎに来ました」

「ギルドから？　いったいなんの？」

「詳しいことまでは知りませんが、届け物が着いたとか」

その言葉に、ロウガたちは互いに顔を見合わせた。

届け物の予定など、特に記憶にはなかったからである。

しかしここで、クルタがハッとしたような顔をして言う。

「あ、もしかして！　あれが届いたんじゃない⁉」

「あれ？」

「そうだよ！　早くジークに届けて――」

クルタの言葉が終わらないうちに、窓の外から悲鳴が聞こえてきた。

急いで三人が窓を覗き込んでみれば、山の方からいくつかの影がこちらに向かってくる。

目を凝らしてみれば、それは巨大なドラゴンであった。

これまで竜の谷から出ようとしなかった群れが、にわかに動き出したのだ。

「おいおいおいおい！　こりゃまずいぞ！」

「……子どもたちがいます。迎え撃つしかないですね」

「急いで、ギルドに荷物を取りに行こう！　あれがあれば、少しはマシかも！」

「だから、あれってなんだよ！」

「聖剣！　ほら、一週間後ぐらいに届くって前に言ってたでしょ！」

クルタにそう言われて、ロウガはようやくバーグに打ち直しを依頼した聖剣のことを思い出した。

この戦いにはとても間に合わないと思っていたため、すっかり記憶から抜け落ちていたのだ。

それが幸か不幸か、討伐の延期が重なったためギリギリで間に合ったのだ。

「んじゃ、とにかく聖剣を確保しねえとな！　もし焼けたりしたらことだぜ！」

「そういうこと！　急がないと！」

「でも、子どもたちも放ってはおけませんよ！　お姉さま！」

ニノの言葉に、クルタの眉間に皺が寄った。

子どもたちを保護しなければならないというのは、至極もっともな意見であった。

だが、聖剣を放置しておくわけにもいかない。

万が一、ギルドの建物が攻撃されて聖剣が失われたりしたら取り返しがつかなくなる。

「じゃあ、ニノだけ別行動で！　聖剣を受け取って、ジークのとこまで持って行って！」

「私がですか？」

「ニノ、ボクたちの中で一番小回りが利くでしょ？　それに隠密とかもできたよね？」

「わかりました。行ってきます！」

こうして、部屋を飛び出して走り始めたニノ。

彼女を見送ったところで、ロウガとクルタもまた部屋を出る。

「さあ、ここからが勝負だね」

「ああ。とんでもねえ戦いになりそうだ」

そう言って、武者震いをするロウガとクルタ。

三人の長い戦いは、こうして幕を開けたのだった――。


――○●○――


「グオオオォ……!!」

霧の広がる谷底。

切り立った断崖が迫り、陽光も差し込まない薄暗い空間。

そこに神々しいほどの輝きを放つ巨大な生物がいた。

これがゴールデンドラゴン……!!

その存在感に、俺たちはたまらず息を呑んだ。

チーアンの人々がこのドラゴンを崇めた理由が、今ならはっきりと理解できる。

それほどまでに、超越的な存在に思えた。

「聖竜様……!!」

「何と素晴らしい……!!」

ゴールデンドラゴンの姿を見て、感嘆しきりといった様子の人々。

中には、その場で膝を折って深々と首を垂れる者までいた。

一方で、先頭に立つ導師は周囲と比べるとずいぶん落ち着いた様子だ。

やがて彼はトンっと杖を突くと、こちらを振り返って言う。

「さあ、儀式を始めよう！　皆の者、我が前へと集まるのだ！」

微かに魔力の込められた導師の声。

それに誘導されて、人々が一か所に固まっていく。

俺たちは何だか嫌な予感がしたが、ひとまずはその指示に従った。

こうして全員を集めたところで、導師はそれを囲むように杖で大きく円を描く。

「これでよし。さあ、跪（ひざまず）いて聖竜様に祈りを捧げよ!!」

大地に膝をつき、一斉に首を垂れる人々。

俺たちもそれにならって、ドラゴンに向かって頭を下げる。

大勢の人々が同じ動作を繰り返す様は、ある種、異様な光景であった。

周囲に独特の宗教的な熱狂とでもいうべきものが満ちる。

「……どうしますか、姉さん」

ここで俺は、隣にいたシエル姉さんに小声で呼びかけた。

いつ行動を起こすのか、その判断を仰（あお）ぐためである。

すると姉さんは、周囲の様子を窺（うかが）って渋い顔をする。

「これじゃ、すぐには動けないわね。街の人を巻き込んじゃう」

「ですね。ドラゴンがブレスを吐いたらひとたまりもない」

「……そういえば、あのドラゴンはずいぶんと大人しいな」

後ろから、ライザ姉さんの声が聞こえた。

確かに、俺たちを発見すると即座に襲い掛かってきた谷のドラゴンとは少し様子が違う。

これだけの人数が集まっているというのに、唸るだけで襲ってくるような素振りはまったくない。

その青い眼は理知的で、ドラゴンらしからぬ穏やかさだ。

「苦しんでる？」

「え？」

「ほら、あの顔……」

出産を間近に控えているせいであろうか？

ドラゴンの表情は、どうにも苦しげであった。

そして、俺たちに向かって何かを訴えようとしているようである。

やがてその視線は、ドラゴンの足元で祈り続ける導師へと向けられた。

「やっぱりあの男、怪しいわね……。ノア、やるわよ！」

「今ですか？」

「ええ！　ここで動かないと手遅れになるわ！」

そう言って、勢いよく立ち上がるシエル姉さん。

彼女はそのまま、導師の顔をビシッと指さして言う。

「そこのアンタ、いったい何者？　うまく誤魔化してるようだけど、人間じゃないわよね！」

シエル姉さんの思いもよらない言葉に、どよめきがおきた。

そうか、妙な違和感はそれが原因だったのか！

声に魔力を入れ込むのも、主に魔族などが得意とする技だったはずである。

するとシエル姉さんの言葉を聞いた導師は、口を大きく開いて高笑いを始める。

露出した歯は牙のように尖っていて、人間のものとは明らかに異なっていた。

「かっかっか、邪魔者がおったか！　だが、もう既に遅いわ！」

「どういうことよ？」

「これを見るがいい！」

そう言うと、導師は杖を大きく振りかざした。

途端に突風が吹いて、周囲の霧が吹き飛ばされていく。

それに合わせて、さながら蜃気楼のように景色が歪んだ。

やがて何もなかった場所に、家ほどもある巨大な結晶体が姿を現す。

「何という大きさだ……！」

「もしかして、これが王立魔法研究所から強奪された……」

「ええ、間違いないわ!!　魔結晶よ」

鋭い声を発するシエル姉さん。

結晶の内部では、今にも爆発しそうなほどの膨大な魔力が渦巻いていた。

しかも、闇に染まったような不気味な暗色をしている。

紫と赤の光が、捻れて歪み渦を巻く。

見ているだけで、そら恐ろしいような気分になる光景だ。

「こいつには、人間どもの祈りを魔力に変えて蓄えてある。これだけあれば、竜の王を操るにも十分よ」

「祈りを魔力に……？　竜の王を操る……？」

「さよう。そのために人間どもを数百年にわたって欺き、信仰を熟成させてきたのだ」

導師の口から発せられた、恐るべき真実。

街の人々は怒りを通り越して、ただただ茫然としていた。

自分たちの信じていたものが、一瞬にして崩れ去る。

いかなる気分なのか想像することすらできないが、相当なショックであったことは間違いない。

他の人々と比べて信仰が薄いはずのメイリンですら、顔を引き攣らせて小刻みに震えている。

「ははは！　いいぞ、もっと絶望するのだ。それもまた良い糧となる」

「あんた、魔族でしょ？　流石に性格が悪いわね」

「ふん、ワシはただの魔族ではない！　真の魔族だ！」

「……真の魔族？　普通の魔族とは違うわけ？」

あえて挑発的な口調で尋ねるシエル姉さん。

すると導師はそれが気に入らなかったのか、いささか興奮したような口調で言う。

「そうだ、我ら真の魔族は現代の腑抜けた連中とは違う！　魔界出身の者のことをいう！」

「魔界っていうと、この大陸の西側のこと？」

「違う！　この世界の裏側にある世界のことだ」

これは……何だか話が大きくなってきたぞ……!!

魔族の語り始めた話の内容に、俺は得体の知れない恐怖を覚えるのだった。

第七話

魔の策略

「この世界の裏側……？」

初めて聞く話に、俺はたまらず顔を強張らせた。

魔界といえば、大陸のおよそ西半分。

魔族たちが暮らす領域のことだと教わってきた。

世界の裏側に存在する異世界のことなど、文献でも見たことがない。

俺より博識なシエル姉さんも初耳だったようで、ひどく驚いた顔をしている。

「そんな別の世界なんて、初めて聞くわ」

「短命な人間どもが知らぬのも無理はない。我らがこの地に降り立ったのは、遥か古代のことだからな」

そう言うと、昔を懐かしむように笑う導師。

真の魔族を名乗るこの男も、古代に魔界からこの世界へとやってきたのだろうか？

そうだとすれば、全く油断ならない相手だ。

俺たちが今まで遭遇した魔族とは、まるで年季の入り方が違うだろう。

その分だけ力も蓄えているに違いない。

「その真の魔族とやらが、竜の王を操ってどうするつもりだ?」

「知れたこと。腑抜けた魔王どもを追い出すのだ」

「つまり、あなたも王弟派ってことですか?」

いま大陸の西に住む魔族たちは、魔王派と王弟派で激しく争っているという。

特に王弟派の動きは活発で人間界との戦を企てて暗躍する魔族もいた。

この導師を称する魔族も、そんな王弟派の一人なのであろうか。

そう予想しての問いであったが、導師は予想と異なる反応を見せる。

「ワシをあのような連中と一緒にするでないわ。まあいい、どちらにしろお前たちは死ぬのだからな」

「どうかしら? アンタ、今はあのドラゴンの制御で精いっぱいなんじゃないの?」

「……ほう、気づいていたか」

シエル姉さんの問いかけに、にやりと不敵な笑みを浮かべる導師。

彼が杖を高く掲げると、それに応じるようにゴールデンドラゴンが咆哮を上げた。

黄金に輝く鱗に、たちまち赤黒い文様が浮かび上がる。

全身に刻み込まれた術式が、ドラゴンの動きを完全に制御しているのだ。

「このドラゴンはワシが王の器として育ててきたのだ。なかなか愛い奴よ」

「なるほどね、そのドラゴンが研究所を襲ったのも……」

「ワシの指図だ。自らの子を縛るための道具を自ら奪ってくるのは、滑稽であったわ」

苦しむドラゴンの顔を見ながら、醜悪な笑みを浮かべる導師。

真に倒すべきは、ドラゴンではなくこの導師ではないか……？

俺たちの間でそんな予感が高まった。

集まっていた街の人々も、自分たちの信仰が穢されたと感じたのだろう。

今まで恐怖によって抑えられていた怒りが、一気に溢れ出す。

「この魔族め……!!」

「なんてむごいことを……！」

「許しちゃおけねえ……！」

怒りのままに立ち上がり、ジリジリと導師との距離を詰めようとしていく人々。

俺たちのそばにいたメイリンもまた、涙を拭いてゆっくりと動き出す。

しかしここで、導師が高笑いをしながらドラゴンに命じる。

「カカカ、今更騒いでも遅いのだ！　お前たちの祈りは既に十分蓄えた、もう用はない!!」

「危ないっ!!　ライザッ!!」

「任せろ!!」

ドラゴンの口から紅の炎が噴き出した。

それをライザ姉さんが剣で斬り、群衆に当たるギリギリのところで軌道をそらす。

熱で周囲の地面が溶け、たちまち赤い溶岩となった。

この熱量、上級魔法並みかもしれない……！

こんなのが当たったら、みんなあっという間に消し炭になってしまう。

「……大した威力だな」

「ライザ、みんなを守って逃げられる？」

「もちろん。さあ、行くぞ!!」

大きく手を振って、みんなに走るように促すライザ姉さん。

しかし、みんな腰が抜けてしまっているのかなかなか動き始めない。

加えて、ライザ姉さんのことをどうにも信用できない様子であった。

まあ無理もない、彼らからしてみれば見知らぬよそ者なのだから。

するとここで、メイリンが助け船を出す。

「みんな行きましょう!! 続いてください！」

そう言って、ライザ姉さんの隣に移動するメイリン。

異端の家の人間とはいえ、それなりに交流のある彼女を信用したのだろう。

住民たちは恐る恐るといった様子ながらも動き始め、その動きはみるみる早まっていく。

やがて波が引いていくように、人々はその場から去っていった。

「くれぐれも任せたわよ――!!　さてと……」

「ええ。こいつをやっつけないと」

みんなを見送った俺と姉さんは、改めてゴールデンドラゴンと向き合った。

すると導師は、余裕たっぷりに笑みを浮かべて言う。

「逃がしたところで、あとで仕留めるだけのこと。無意味なことだ」

「それはどうかしら？　こっちも人が減って、いろいろやりやすくなったわ」

「はっ！　人間風情が、真の魔族であるこのワシに勝てる気か？」

「もちろん。それにアンタ、偉そうな割にドラゴンに頼りきりじゃない」

腰に手を当てて、挑発的な口調で告げる姉さん。

彼女はそのまま捲し立てるように、導師の情けない点を煽る。

「真の魔族なんて偉そうにするなら、自分で魔王を追い出したら？　それを竜の王に頼るなんて、力を身上とする魔族らしくないわね。それとも、本物の魔族ってその程度のしょっぽい連中なのかしら？」

「言わせておけば、この小娘が！　よかろう、ワシの力を見せてくれるわ！」

激しい怒号を上げると、導師は杖で地面を勢い良く叩いた。

するとたちまち、その身体がふわりと宙に浮かび上がる。

そしてどこからか巨大な鎌を取り出し、勢いよく姉さんに斬りかかる。

「ね、姉さん⁉」

「こっちは平気！　アンタはドラゴンをどうにかして！」

「……わかりました！」

どうやらわざと挑発して、ドラゴンと魔族を引き離したらしい。

姉さんの意図を察した俺は、すぐに剣を抜いてドラゴンと対峙した。

さあ、いよいよここからが本当の闘いだぞ……‼

悠然と佇む巨体を前に、俺は武者震いをする。

「気を付けてよ！　前も言ったけど、下手なことすると爆発するわよ！」

「ええ、わかってますって！」

導師と魔法を撃ち合いながらも、俺に指示を飛ばしてくるシエル姉さん。

彼女が以前にも言った通り、ゴールデンドラゴンの身体は膨大な量の魔力で溢れていた。

魔結晶から抜いた魔力のほかに、ララト山の龍脈から吸い上げた分もあるのだろう。

その量は一個の生物とは思えないほどで、もし暴発すれば山に大穴が開きそうだ。

竜の谷どころか、チーアンの街まで吹き飛ぶかもしれない。

「グオオオォッ‼」

咆哮を上げ、爪を高々と振りかざすゴールデンドラゴン。

それを回避しつつ距離を詰めていくと、谷の上空を旋回していたドラゴンの群れが慌ただしく動き始めた。

まさか、一斉に俺たちへと襲い掛かってくる気か？

俺は思わず動きを止めて空を見上げるが、そうではなかった。

ドラゴンたちは統率が乱れたようにバラバラに動き始め、やがてその一部が東へと向かう。

「これは……！」

「王の誕生が近い証しだ。カカカ、戦いの刺激で誕生が早まったか！」

「まっずいわね！ あっちは街の方角じゃない！」

ロウガさんたちを街に残してきたとはいえ、ドラゴンの群れが相手ではそう長くは持たない。

ライザ姉さんが合流しても、あの数では流石に無理だろう。

一刻も早く決着をつけて、街に戻らなくては。

俺の中で、強い焦り（あせ）が生じた。

しかし、ゴールデンドラゴンの攻撃はその心中を察したように激しくなっていく。

「グアアァァ!!」

吹き付けるブレス。

迫る紅炎を跳び上がって回避すると、俺は一気にドラゴンとの距離を詰めた。

魔族に操られた哀れなるモンスター。

その境遇には同情すべきものを感じるが、今は構っている場合ではない。

黒剣に鱗を貫けるだけの魔力を通し、狙いを定める。

そして――。

「グギャアアアオオ⁉」

腕の付け根に刃を入れて、そのまま一気に斬り上げる。

飛び散る火花、響く不協和音。

ドラゴンの鱗は剣に魔力を通した状態ですら硬く、鉄の塊でも斬っているかのようだった。

恐ろしく頑丈なはずの黒剣が、あまりの抵抗の大きさに軋む。

くそ、こりゃ思った以上だ‼

腕に深い傷を負わせたものの、俺は斬り落とすことができないまま一時撤退する。

「これがドラゴンの鱗……！」

話には聞いていたが、まさかこれほどとは。

もともと強靭な材質の上に、圧倒的な魔力で強化されているのだろう。

これでは魔法がほとんど効かないのも納得である。

これを斬れるとしたら、ライザ姉さんぐらいのものだろう。

いや、魔力によって身体を守っているので姉さんすら厳しいかもしれない。

「どこかしら弱点を突かないと、こいつを倒すのは無理だぞ……！」

剣を見ると、一部が刃こぼれしてしまっていた。

隕鉄(いんてつ)を鍛えて作られたこの剣でも、異常な硬さと強さを誇る鱗が相手では持たないらしい。

何とか弱点を見つけ出さなければ、奴を倒す前に剣の方が折れてしまいそうだ。

俺は攻撃をかいくぐりながら、ドラゴンの全身をくまなく魔力で探知する。

すると――。

「……ん？」

俺が与えた傷口に、体内の魔力が集中していた。

魔力で細胞を活性化させて、治癒力を底上げしているようだ。

先ほどまで血を流していたはずの腕が、いつの間にか動くようになっている。

だがこの魔力の集中が、ドラゴンを制御する術式に思わぬ不具合を起こしていた。

「魔力が乱れて、術式が歪(ゆが)んでいる……！　これなら……!!」

ドラゴンの全身に刻み込まれた術式。

それが、体内の魔力に乱れが生じたことで不規則に揺れていた。

もともと、出産を控えたドラゴンが膨大な魔力を蓄えたせいで不安定になっていたのだろう。

安定した状態ならば付け入る隙はなかったが、これならば……!!

「はああああぁっ!!」

「むっ!?　貴様、まさか!!」

剣を低く構え、呼吸を整える。

臍下丹田に力を込めて、身体の奥底から気を引き出した。

そしてそれを魔力と融合させ、黒剣へと通す。

たちまち剣全体がぼんやりと青白い光を帯びた。

魔力と気の重ね掛けによる、剣が壊れる限界ギリギリの強化だ。

それを横目で見た導師が、俺のしようとしていることを察して眼を剝く。

「そうはさせるか！　死ねえい‼」

「はっ！　私を忘れないでよね！」

導師が放った魔弾を、シエル姉さんが見事に撃ち落とした。

魔力の塊が空中ではじけて、大気をビリビリと揺らす。

「今のうちにやって！」

「小癪な！　まとめて吹き飛ばしてくれる！」

ひるむことなく、次の手を打ってくる導師。

その魔力は無尽蔵だとでもいうのだろうか。

導師は人の頭ほどもある魔弾を無数に繰り出してきた。

それに対抗する姉さんもまた、無詠唱で次々と魔法を繰り出す。

光が点滅し、視界が白黒に染まっていくかのようだ。

「姉さん、ありがとう……！」

俺はシエル姉さんに軽く頭を下げると、一気に深く踏み込んだ。

――ここで決める！

気持ちを奮い立たせ、全身全霊を込めて剣を振るう。

ビョウッと響く風切り音。

たちまち切っ先から見えない刃が放たれ――。

「魔裂斬ッ!!」

「グオオオオォン!!」

ドラゴンの身体に深く植え付けられた制御術式。

それがたちまちのうちに切り刻まれるのだった――。


――○●○――


「馬鹿な、術式が斬られただと!!」

ゴールデンドラゴンを拘束していた制御術式。

長い歳月をかけてドラゴンの心身に刻み込まれたそれは、その魂にまで侵食が及んでいた。

普通に考えれば、この術式だけを斬ることなど不可能だろう。

膨大な魔力によって歪みが生じていたとはいえ、ライザ姉さんの編み出した技が無ければ俺でも無理だった。

「これでもう、このドラゴンはお前には従わない」

「はっ！　そうなったところで、そいつが何をするかはわからんがな。貴様らを食うかもしれんぞ？」

予想外の出来事に狼狽（ろうばい）しつつも、すぐに脅しをかけてくる導師。

確かに、ドラゴンは人に対して友好的な存在ではない。

しかしこのゴールデンドラゴンについては、不思議と確信があった。

こいつは、人を害するような存在ではない。

あくまで操られているだけに過ぎないのだと。

「……礼を言うぞ」

やがて、どこかから声が響いてきた。

静かながらも威厳のあるその声は、俺の目の前から聞こえてくる。

これはまさか……‼

俺が慌てて視線を上げると、ドラゴンが人懐っこい笑みを浮かべた。

思わぬ展開に、俺と姉さんは大きく眼を見開く。

「そなたのおかげじゃ。ようやく解放された」

「ゴールデンドラゴン……話せたんだ……！」

「当然じゃ、妾(わらわ)を誰(だれ)だと思っておる」

高い知能を持つとされるドラゴンであるが、言葉を発したのを聞くのは初めてだった。

俺どころかシエル姉さんも予想していなかったようで、意外そうに手を止める。

一方、導師は唇を噛(か)みしめて心底忌々しげな顔をした。

「おのれ……!! 貴様、誰のおかげでそこまで成長できたと思っている！ ワシの言うことを聞け、そいつらを始末するのだ！」

「妾を育てたのは、そなたの野心を果たすためじゃろう？ 何の義理もない」

「この爬虫類(はちゅうるい)めが、飼い犬に手を噛まれるとはこのことだな！ まあいい、もう一度従わせてくれる！」

激しい怒りの為せる業であろうか。

導師の魔力が膨れ上がり、禍々(まがまが)しいオーラとなって放たれる。

流石、真の魔族を称するだけのことはあるな……！

空中に火花が飛び散り、時折、導師の身体から黒い稲妻が迸(ほとばし)った。

尋常でない魔力が、空間を歪め始める。

「こいつ、いったいどこにこんな魔力が……!!」

「カッカッカ！ これが千年にわたり蓄えてきた我が魔力だ！」

「こりゃちょっとヤバいわね……！」

シエル姉さんの額に、じんわりと汗が滲んだ。

あまりの禍々しい魔力に、俺も思わず身を引いてしまう。

しかし、ゴールデンドラゴンはとても落ち着き払っていた。

彼女は俺を見やると、勇ましい声で告げる。

「妾が加護を与えよう。今のうちに、奴を斬るのじゃ！」

大きく翼を広げ、咆哮を上げるゴールデンドラゴン。

それと同時に、金色の光が俺の身体を包み込んだ。

これは……すごい……!!

全身からとめどなく力が溢れてくる。

自分のあらゆる能力が、何倍にも高まるのを感じた。

ある種の全能感すら覚えるほどだ。

「ノア、私が奴を止めるわ！　後に続いて!!」

「はいっ!!」

「小癪な!!　千年前のようにはいかぬぞ!!」

右手を高く掲げ、魔力を集中させ始める導師。

しかし、姉さんの魔法の方がはるかに早く発動した。

賢者だからこそできる、無詠唱の超高速発動。

初級や中級ならまだしも、上級魔法でこれができるのは世界でもシエル姉さんぐらいだろう。

流石の導師もこれには驚くが、時既に遅し。

強力な氷の魔法によって、その身体が凍り付く。

「この程度、すぐに吹き飛ばして――」

「どりゃああああッ!!」

右足を深く踏み込み、跳ぶ。

時間が加速し、感覚のすべてが研ぎ澄まされた。

もはや巨大な魔力の塊と化している導師の身体。

そのどこを切ればよいのかが、直感的にわかる。

さながら、魔力の流れが目に見えているかのようだった。

己(おのれ)の感覚に従って、俺は導かれるように剣を振り下ろす。

「うぐおあああぁっ!?」

――スルリ。

導師の首が驚くほど抵抗なく斬れた。

感触の無さに自分でも少し驚いてしまったほどだ。

これが、ドラゴンの加護なのか……!!

俺だけの力であれば、絶対にこうはいかなかっただろう。

改めて、加護の力の凄まじさを実感する。

自分が自分でないような気がして、少し怖いぐらいだった。

「ノア、やったわね！」

「ええ、これも姉さんとドラゴンさんのおかげですよ」

「妾の加護を授けたのじゃ、当然じゃのう」

そう言うと、得意げに鼻を鳴らすゴールデンドラゴン。

威厳のある姿をしているが、意外に茶目っ気のある性格なのかもしれない。

とにかく、このドラゴンが味方で本当に助かった。

「……これじゃ、討伐するわけにはいきませんね」

「ええ。報告書はこっちでうまいこと書いておくわ」

俺の意図を汲み取って、任せておいてとばかりに親指を上げるシエル姉さん。

重圧から解放されたせいか、ずいぶんとご機嫌である。

だが、安心してばかりもいられない。

俺はゴールデンドラゴンに近づくと、先ほど群れの飛び去った方角を見ながら言う。

「そうだ、チーアンに向かった群れを何とかしてもらえませんか？　このままじゃ街が……」

「もちろんじゃ。元はと言えば、あやつらもあの魔族が集めたものじゃからの、帰してやらねばならん」

そう言うと、天を仰いで咆哮を上げるゴールデンドラゴン。

だがその途中で、その黄金色の巨体がにわかに硬直する。

これは、まさか……!!

「カカカ……魔族の生命力を……甘く……見たな！」

「嘘……!? 首だけで飛んでる!?」

なんと、首だけの状態になっても導師は生きていた。

凄まじいまでの生命力と執着心である。

いくら魔族といえども、こんな状態で生きられるなんて思わなかった。

とはいえ、無理に無理を重ねた奇跡的な状況なのだろう。

言葉を紡ぐのにも苦労する有様で、放っておいてもすぐに力尽きそうだ。

「はっ！　そんな状態で、今さら何ができるって言うのよ！」

「そうだ、観念しろ！」

「我が怨念とこの結晶に宿した魔力で……王を乗っ取ってくれる……。その姿を見られないのが残念であるがな……」

そう告げた瞬間、首がぼたりと地面に落ちた。

それと同時に、結晶から黒い霧のような魔力が噴出する。

一気に谷中に広がったそれは、たちまちゴールデンドラゴンの身体を呑み込んでしまった。

「グオアアアアッ⁉」

人の言葉も忘れ、本能のままに叫びを上げるゴールデンドラゴン。

その腹が不気味に蠢(うごめ)き、見る見るうちに膨れ上がっていく。

「まずいわね……‼」

中で何かが暴(あば)れているように、伸縮するドラゴンの腹。

その動きの激しさは、胎児が動いているなどという生易しいものではない。

さながら、内側にいる何者かが母体を食らって肥大しているようだ。

邪悪な魔族の意志が腹の中の王を汚染し、一気に孵化(ふか)しようとしている。

「グオァ……！　卵が、暴れている……‼」

苦しげな声を上げ、地面に倒れるゴールデンドラゴン。

やがてその口からぬるりとした体液がこぼれ始めた。

それと同時に、大きな魔力がドラゴンの腹から首へと移動を始める。

まさか、もう生まれるのか……⁉

予想外の展開に、俺たちは顔を険しくする。

「シエル姉さん、これは……」

「やるしかないわ。生まれた直後なら、流石の王も身動き取れないはずよ」

「………くっ」

俺に加護を与え、勝利を手助けしてくれたゴールデンドラゴン。

魔族の意志に汚染されたとはいえ、その子を俺たちが殺すのか……？

これまでにない感情が、俺の中で激しく渦を巻く。

理屈の上では、そうするのが最も確実だということはわかる。

ゴールデンドラゴンも俺たちを責めるようなことはしないだろう。

しかし、だからといって……そんなことをしていいのか？

人として、どうにもためらいが生まれる。

「グオオアァ……‼」

やがてゴールデンドラゴンの身体が、小刻みに痙攣（けいれん）を始めた。

魔力がさらに膨れ上がり、異様なオーラとなって噴出する。

……生まれる！

俺たちがそう察した瞬間、ドラゴンの口から卵が吐き出された。

黒く艶（つや）のあるそれは、寒気がするほどの禍々しい気配を放っている。

「蒼天（そうてん）に昇りし紅鏡（こうきょう）。森羅万象を照らすもの。我が元に集い――」

卵が地面に落ちると同時に、姉さんが呪文を紡ぎ始めた。

嘘だろ、超級魔法じゃないか‼

しかも、普段はあまり使うことのない炎の魔法である。

一切の容赦のない本気の一撃だ。
シエル姉さんは、確実に王を殺そうとしている……！
「グラン・ヴォルガン!!」
たちまち形成される巨大な火球。
太陽を思わせるそれは、炎というよりは光の球に近い有様であった。
その圧倒的な熱量に、近くにいるだけでも肌が焼けてしまいそうだ。
それが轟音を立てて、卵に迫る。
「うおっ!?」
炎が炸裂し、巨大な火柱が天に昇った。
熱風が駆け抜けて、眼も開けていられない。
こんなものを受けたら、いくら竜の王といえどもひとたまりもなさそうだな……!!
俺と姉さんは近くの岩陰に避難すると、どうにか熱風をやり過ごす。
そして数十秒後。
俺たちが外に出て様子を窺ってみると、そこには――。
「嘘っ!?　そんなことって……!!」
驚きのあまり、瞼を何度も擦るシエル姉さん。
俺も、自分の眼を思わず疑ってしまった。

あれだけの攻撃を受けたにもかかわらず、卵の表面には傷一ついていなかったのだ。

周囲の岩が溶けてしまったにもかかわらず、平然とその場に居坐っている。

「ええい、こうなったら……！」

「ね、姉さん⁉」

俺が制止するのも聞かず、姉さんは勢いよく飛び出していった。

そして杖を高く掲げると、それに風の魔力を纏わせる。

たちまち暴風が吹き荒れ、杖を中心として小さな竜巻が出来上がった。

どうやら、竜巻の力で卵を粉砕しようとしているようだ。

恐らく、熱に対しての耐性が高いと踏んでのことなのだろう。

しかし――。

「なっ⁉」

跳び上がって、大きく杖を振り下ろしたシエル姉さん。

だがその瞬間、卵が割れて黒い腕のようなものが外に出てきた。

細く頼りなさげであったが、見た目に反してあっさりと姉さんの攻撃を弾き返す。

その衝撃で、姉さんは俺のすぐそばまで吹き飛ばされてきた。

「あぅっ⁉」

「姉さん‼」

慌てて姉さんの身体を受け止める俺。
そうしている間にも、卵の割れ目は大きくなっていく。
そして中から、黒く細身のドラゴンが姿を現した。
金属質な黒い鱗に、骨格の目立つ痩せた身体。
その眼は落ちくぼみ、赤い瞳（ひとみ）が炯々（けいけい）と輝いていた。
魔族の影響だろうか、底知れぬ闇（やみ）を感じさせる姿だ。
「これが……竜の王……‼」
まだ幼体に過ぎないというのに、周囲を押しつぶすような覇気が感じられた。
対峙しているだけで、全身から汗が溢れ出してくる。
こんな生物が、この世界に存在したのか……⁉
俺たちが驚いている間にも、王の身体は少しずつ成長していった。
その身に蓄えた膨大な魔力を、一気に血肉へと変換しているようである。
「ノアッ‼　もうやるしかないわ、早く‼」
「………はいっ‼」
ここでようやく、俺は覚悟を決めた。
――この生物を生かしておくわけにはいかない。
頭の中で、自らの本能がそう叫んだのだ。

俺は改めて黒剣を構えると、ためらうことなく踏み込む。
黒剣の表面を魔力が流れ、淡い光を帯びた。
既に加護の力は失われているが、それでも鉄ぐらいならば軽々と切り裂く一撃だ。
しかし――。
「くっ⁉」
――ガキィンッ‼
凄まじい衝撃音と共に、火花が飛び散る。
信じがたいことに、王の鱗は刃を完全に弾き返してしまった。
反動をもろに食らってしまい、手が痺(しび)れる。
くそ、一発でダメならもう一発‼
俺は即座に体勢を立て直すと、もう一度攻撃を試みた。
だが次の瞬間――。
「くはっ⁉」
何の気なしに振るわれたドラゴンの爪。
しかしそれは、音をも置き去りにするほどの速さで俺に襲い掛かってきた。
それを剣で受けた俺は、衝撃を殺しきれずに吹っ飛ばされてしまう。
そして――。

「折れた……!?」

隕鉄で造られた頑丈なはずの黒剣。

それが見事にぽっきりと折れてしまっていた。


――○●○――


「ノアッ!?」

吹っ飛ばされた俺を見て、すぐに声を掛けてくるシエル姉さん。

俺はそれに応えて左手を上げると、ゆっくりと立ち上がった。

そして懐（ふところ）からポーションを取り出すと、すぐさま口に流し込む。

今のであばらが一本、持っていかれたようだ。

胸の奥が焼けるように痛く、ポーションを飲むだけで苦しい。

「俺は何とか。でも、剣が……」

「仕方ないわ、撤退してライザと合流しましょ」

「そうですね、ライザ姉さんなら――」

俺が言い終わらないうちに、竜の王が凄まじい咆哮を上げた。

もはやそれは衝撃波のようで、俺とシエル姉さんはたまらず耳を押さえる。

クソ、鼓膜が破れるどころか頭が割れそうだ……!!

こうして俺たちが身動きできない間に、王は大きく翼を広げた。

禍々しい黒が、視界を覆う。

それはドラゴンというよりは、死神を連想させた。

「まさか、街に向かうつもり!?」

「行かせるわけには……!!」

俺は最後の抵抗とばかりに、折れてしまった黒剣を投げた。

しかし王は、それを風圧で軽く弾き返してしまう。

そしてそのまま、ゆっくりと空に舞い上がった。

「あんなのが山を下りたら、国が亡びるわよ……!」

「でも、いったいどうすれば……」

「………逆鱗を衝くのじゃ」

王の飛び去った方角を見て、茫然とする俺たち。

その耳に、どこからかひどく弱々しい声が届いた。

これは、ゴールデンドラゴンの声か!

俺たちが慌てて振り返ると、そこには虫の息ながらもこちらを見る彼女の姿があった。

「王を倒すには、首の付け根にある逆鱗を衝くよりほかはない。そこならば、人の武器でも王を殺せる」

「……あの王は、あなたの子どもなんですよ」

俺は改めて、念押しするようにそう告げた。

するとゴールデンドラゴンは、こちらをカッと睨みつける。

その強い眼差しからは、壮絶な決意のほどが窺えた。

「構わぬ！　もはやあの竜は、妾の子にはあらず！　世を破壊する恐るべき怪物じゃ！」

「ですが……」

「……我ら竜族は誇りに生きる。あのような状態で生きる方が、遥かに苦痛なのじゃ」

しっとりとした口調で告げるゴールデンドラゴン。

その穏やかな声には、我が子に対する複雑な思いが詰まっているようだった。

母として、本当は生きていてほしいのだろう。

しかしそれを押し殺して、俺たちに依頼しているようだった。

「先代の竜の王は、妾の叔父であった」

「えっ……！」

予期せぬ告白に、驚く俺とシエル姉さん。

何かしらのつながりがあるとは思っていたが、それほど近い血縁だとは思わなかった。

「祖母が言うには、千年前にも魔族が現れて王を操ろうとしたそうじゃ。その企みによって破壊の化身となってしまった王を、祖母は加護と引き換えに人間に倒させようとした。ちょうど、今の妾のようにな」

「その人間というのが、チーアンの人だったんですね？」

「ああ。祖母は優しい竜だったゆえ、我が子と戦うことはどうしてもできなんだのだろう」

祖母の顔を思い浮かべているのだろうか、穏やかな表情をするゴールデンドラゴン。

一方で、俺とシエル姉さんは千年前の真相についておぼろげながらも確信を持ちつつあった。

メイリンの家に伝わる信仰と街の人々の間に伝わる信仰。

そのどちらもが正しく、どちらもが間違っていたということなのだろう。

竜は加護を授けるのと引き換えに、悪意に染まった王の討伐を依頼した。

そして結果的に、依頼を引き受けた勇者が犠牲となってしまったのだろう。

恐らくその勇者というのが、王家の血を引く若者だったのだ。

この事実がいつの間にか歪んでしまい、竜の加護と引き換えに王家の血筋が犠牲になったという事実だけが伝わったのではなかろうか。

「結局、祖母の依頼した人間は王に深手を負わせるのが精いっぱいで、倒すことはできなんだそうだ。だが、そなたたちならば必ずや倒せるじゃろう。先ほどの戦いを見て、そう確信した」

「…………わかりました」

「おお、やってくれるか！　後味の悪い仕事を任せて、すまぬな」

「ええ。でも、俺は殺しません」

俺の宣言に、ゴールデンドラゴンは驚いて言葉を返すことができなかった。

シエル姉さんもまた、呆れたように目を見開く。

そしてすぐさま、勢いよく俺に詰め寄ってきた。

「ノア！　あんた、まだそんなこと言ってるの⁉」

「確かに俺も、さっきまでは竜の王を倒そうとしてたよ。でも、こんな悲しい頼みを受けることなんてできない！」

俺は感情を爆発させるように、そうはっきりと叫んだ。

その勢いに押されて、シエル姉さんがわずかにたじろぐ。

ゴールデンドラゴンもまた、少し驚いたように息を呑んだ。

俺がここまで強く主張をするとは、思っていなかったのだろう。

「俺は最後まで諦めません。王を正気に戻してみせます」

「でもそんなこと……」

「諦めたら終わりじゃないですか。それに……」

俺はそう言うと、ゴールデンドラゴンの顔を改めて見た。

今のところ小康状態にあるようだが……その身体の魔力は弱まり続けている。

王を早く誕生させるために、無理やりに魔力を引き抜かれたせいだろう。

恐らくは、あと数時間も持たない。

「死ぬ前に、必ず再会させますから」

「そうか。では、期待せずに待っているとしよう」

「ノア……」

ゆっくりと眼を閉じるゴールデンドラゴン。

それを見届けたシエル姉さんは、もう俺の方針に対して何も言わなかった。

止めても無駄だと悟ったのか、認めてくれたのか。

そのどちらかはわからないが、心なしか寂しげな顔をしている。

「さあ、行きましょう！」

こうして、チーアンに向かって走り出した俺とシエル姉さん。

本当の闘いはこれからだ――！

第八話
ライザと竜

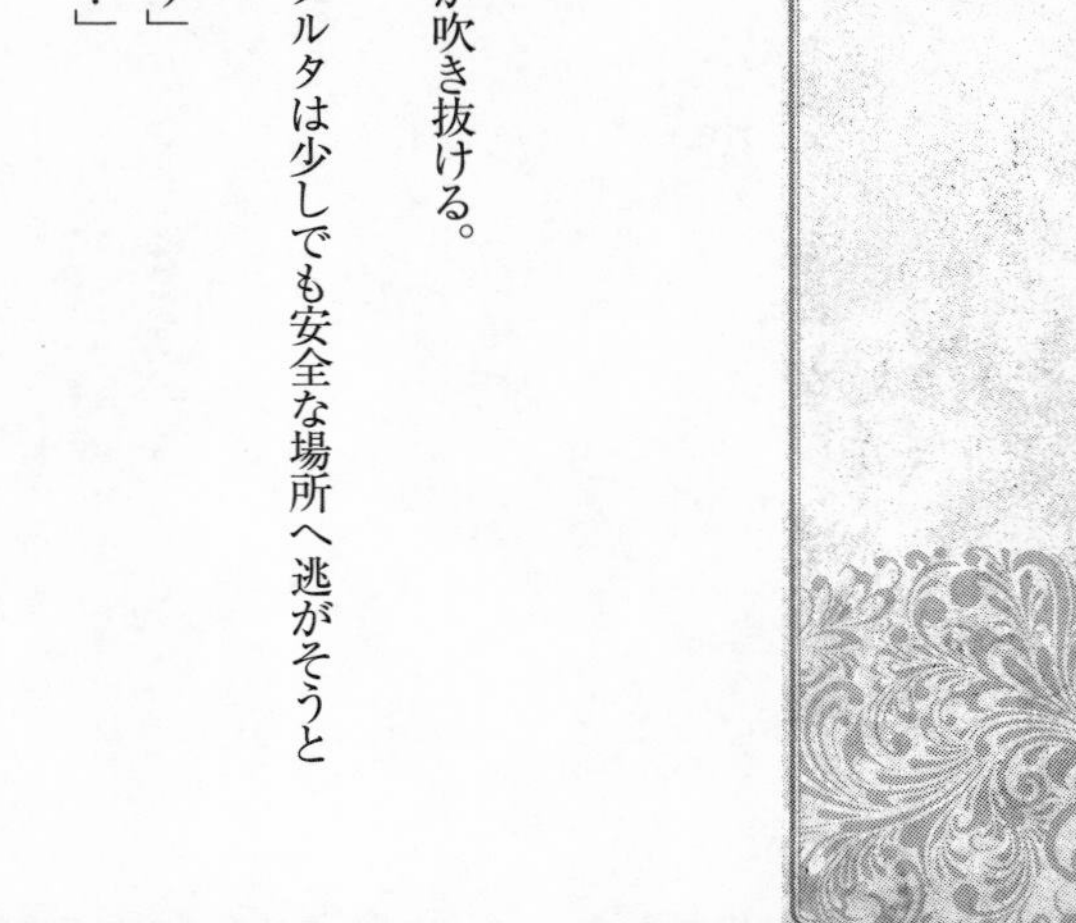

「みんなこっち！　急いで!!」

「早く、建物の陰に隠れるんだ！」

街の上空を旋回し、次々にブレスを放つドラゴン。

炸裂(さくれつ)する炎によって家々は焼き払われ、街を爆風が吹き抜ける。

平和な街に舞い降りた絶望。

なすすべもなく逃げ惑う子どもたちを、ロウガとクルタは少しでも安全な場所へ逃がそうとする。

「まずいな、このままだと街が焼け野原になっちまう」

「早くジークが戻ってきてくれるといいんだけど……」

「こりゃ、それまで持たないかもしれねえ」

ロウガがそうつぶやいた瞬間であった。

彼らの宿でもあった白龍閣(はくりゅうかく)にブレスがぶつかり、瞬く間に炎に包まれる。

そして巨大な楼閣が、火の粉を巻き上げながらゆっくりと崩落していった。

街の中でもひときわ大きな建物の崩壊に、たちまち彼らの顔つきが険しくなる。

ロウガたちの避難した建物も、いつ攻撃を受けるかわからなかった。

「ちっ！　こうなったら仕方ねえ、街を出るぞ！」

「でも、子どもたちが……」

保護した子どもたちへと目を向けるクルタ。

ロウガと彼女だけならば、この状況でもどうにか逃げだすことはできるだろう。

だが、子どもたちを連れて行くとなると話は別だ。

どうしても目立つことになる上に、子どもの足では移動も遅くなる。

建物の陰から出るのは、ある種の賭けだった。

生き残るか、全滅するか。

その二択しか存在しない。

「リスクはある、だがここにいてもじり貧だ」

「もう少し待てないの？」

「ダメだ、こういう時に判断を遅らせるとろくなことにならねえ」

「それはわかるよ。冒険者だけなら、ボクだってそうする。でもここにいるのは……」

「ペルちゃん!!」

不意に、二人の背後にいた少女が叫んだ。

急いで振り返ってみれば、小さな柴犬が道の真ん中を歩いている。

どこかの飼い犬だったようで、首には赤い首輪が巻かれていた。

足に怪我(けが)をしているようで、歩き方がどこかぎこちない。

「大丈夫、ペルちゃん!!」

「こら、ちょっと待て!!」

「いきなり出たら危ないよ!!」

ロウガとクルタの制止も無視して、少女は道に飛び出していってしまった。

そして犬を抱きかかえると、満面の笑みを浮かべる。

「ペルちゃん、良かった……!!」

愛犬を見つけて安心したのか、少女はそのまま座り込んでしまった。

犬も愛する飼い主と再会できたのがうれしいのだろう、少女の頬(ほお)を舐(な)めて尻尾(しっぽ)を振る。

見ているだけで笑みがこぼれるような、微笑ましい再会の光景。

だがここで――。

「グルァ?」

翼を休めるため地上に降りていたドラゴン。

それがいきなり、建物の陰から顔を出した。

交錯する視線。

不運にもドラゴンと目が合ってしまった少女は、たちまち身体を強張(こわば)らせる。

恐怖の中で静止する時間。

少女が息を呑(の)む音だけが、燃え盛る炎の中でもはっきりと響いた。

まさしく恐怖と絶望の瞬間であった。

「クソッ！　間に合えッ!!」

「そりゃああッ!!」

少女を邪魔だと思ったのだろう。

胸を膨らませ、息を吸い込むドラゴン。

ロウガは少女を庇(かば)うべく走り出し、クルタは少しでも攻撃を遅らせようとナイフを投げた。

しかし、間に合わない。

ドラゴンは巨大な火球を吐き出し、少女と犬が炎に呑まれる。

「クソがァ!!!!」

「な、な……」

目の前で少女を焼かれた。

その事実に、ロウガとクルタは打ちのめされそうになった。

二人とも、冒険者として修羅場を経験したのは一度や二度ではない。

だが、眼の前で子どもが死ぬのを見るのは初めてだった。

心の奥底から、無力感と自分への怒りが込み上げてくる。

だが次の瞬間――。

「安心しろ、子どもは無事だ」

立ち上る炎が割れて、見慣れた赤髪の女剣士が姿を現した。

その手には少女と犬がまとめて抱かれている。

ブレスが着弾するまでのごくわずかな間に、少女と犬を保護したのだ。

まさしく神業としか言いようのない速さである。

そんなことができるのは、剣聖である彼女ぐらいのものだろう。

「ライザ……!!　戻ってきたのか」

「少し遅くなった。まさか、街がこんなことになっているとは……」

空を舞う竜を睨み、忌々しげな顔をするライザ。

彼女は少女と犬をロウガたちに任せると、改めて剣を抜く。

その顔つきはいつになく厳しく、眼は強い決意に燃えていた。

「あのドラゴンは私が何とかする。その間にお前たちは街の人を連れて逃げろ」

「何とかするって無茶だよ！　ジークが時間を稼いだ時とは状況が違う！」

「そうだ！　あの時はドラゴンどももここまで殺気立っちゃいなかったからな」

慌ててライザを止めようとするロウガとクルタ。

以前、ジークがドラゴンの群れを足止めした時よりも状況は遥かに困難。

群れ全体が殺気に満ちているうえに、街ではあの時にジークが使ったような手は使えない。

いくら剣聖といえども、無事で済むとは思えなかった。

しかしライザは、二人に対して笑いながら言う。

「私を誰だと思っている？　負けるものか」

そう告げると、ライザは大きく息を吸い込んだ。

そして自らの気を高めると、全身に行き渡らせていく。

彼女の身体がぼんやりと青白い光を放ち始めた。

そして——。

「はあああっ!!」

空気を蹴り、宙に駆け上るライザ。

彼女はそのままドラゴンの肩に達すると、巨大な首を一撃で切り飛ばすのだった。


——○●○——


「……また強くなってるね」

ドラゴンを相手に、大立ち回りを演じるライザ。

空を自在に駆けるその姿を見て、クルタはただただ茫然とつぶやいた。

以前にクルタたちが遭遇した、恐るべき大怪蛇ヒュドラ。

それと戦った時と比べても、ライザは明らかに成長していた。

速度とキレが増していて、冴え渡る刃が次々とドラゴンを墜としていく。

まさしく一騎当千。

その姿は、天上から舞い降りた戦乙女のようだった。

「こいつはすげえ！　これなら、全部倒せるかもしれねえな」

ライザのあまりの強さに、ロウガは興奮した様子でそう告げた。

この勢いならば、チーアンの街からドラゴンを追い出すことも夢ではなさそうだ。

しかし、彼の隣にいたクルタは眉間に皺を寄せる。

「それはどうだろう。ちょっと、消耗が激しいように見えるよ」

「そうか？　さっきからスピードもパワーも落ちてないようだが……」

「パッと見はね。ほんのわずかにだけど、精彩を欠きつつあるよ」

自身もAランクで、体術を得意とする戦士だからであろう。

クルタにはロウガが気づいていない細かな点が見えているようだった。

剣の軌跡、踏み込みの速さ、そして表情。

それらにごくわずかにではあるが、異変が起きつつある。

ライザ本人も自覚があるようで、身体を庇うような動きも増えていた。

「とにかく、今のうちに逃げるしかねえな……」

「あの、私たちも連れて行ってください！」

「んん？」

不意に声を掛けられ、驚くロウガとクルタ。

振り返れば、そこにはたくさんの街の人々がいた。

どうやら、ライザと共に儀式の場から戻ってきた人々らしい。

中には子どもたちの親もいたようで、わあっと大きな歓声が上がった。

「あの剣士様が、あなたたちを頼れと。どうか、街を出ていくのならば私たちも同行させてください！」

「なるほど、ライザに頼まれたんだね。もちろんいいよ、ついて来て！」

こうして合流した人々と共に、ロウガとクルタは街からの避難を始めた。

しかし、街の住民のほとんどが一斉に移動するのである。

その人数は多く、なかなか順調には進まない。

加えて、街が燃えてしまっているこの状況。

冷静さを欠いている者も多く、怒号が飛び交う場面もあった。

「俺（おれ）の家が……‼」

「ああ、商品が……！　私の全財産……！」

「こら、止まるんじゃねえ！　死んじまうぞ！」

繰り広げられる喧噪、荒れる人々。

ロウガとクルタはどうにか彼らを導き、街の入り口近くまでやってきた。

ライザはその間も戦い続け、街にはドラゴンの骸がいくつも転がっている。

その数は既に十頭以上にも及び、ライザの尋常でない強さを物語っていた。

ドラゴン討伐を誇る猛者は、高ランク冒険者であればそれなりにいる。

だがそのほとんどが、複数人で時間をかけてようやく一頭のドラゴンを狩ったという程度だ。

ライザのような短時間での一方的な殲滅など、想像の範疇を超えている。

まさしく、神懸かり的な所業だ。

「苦しくなってきたな」

とはいえ、ライザの体力にも限界はある。

もとより激しい消耗を前提として、普段以上の力を引き出していたのだ。

剣を振るうたびに、腕が攣るような激痛が襲いかかってくる。

類いまれな精神力で痛覚をねじ伏せているライザであったが、流石にそれでも持たなくなってきた。

彼女はふうっと息を吐くと、グルグルと肩を回してロウガたちの方を見やる。

「まずい、避難がかなり遅れているな。このままでは……」

ライザがそうつぶやいた瞬間であった。

遥か尾根を越えた先から、何か大きな気配が迫ってくる。

あまりに邪悪で、あまりに強大。

その存在を察知したライザは、たちまち全身を強張らせた。

剣聖である彼女の実力をもってしても、微かにだが恐怖を覚えたのだ。

これまで葬ってきた竜とは、明らかに格が違う。

「これが……王か？」

やがて姿を現したのは、黒金の鱗を持つ巨大なドラゴンであった。

その痩せて骨張った身体は、仄かに死の香りを纏っている。

不健康ながら、強大な生命力を秘めた赤い眼。

歪に伸びた牙は、生物としてどこか不完全な印象を与える。

——生まれる際に、何かあったのか？

王の異様な風体に、ライザは眼元を歪めながらそのようなことを考える。

その姿は、王というよりも禍々しい破壊者であった。

「グオオオォンッ‼‼」

「くっ‼」

天を揺るがすかのごとき咆哮（ほうこう）。
それに操（あやつ）られるかのように、ドラゴンたちは翼を止めて地に降りた。
ライザもたまらず近くの建物の屋根へと避難する。
これほどの力を感じたのは、彼女にとっても初めてだった。
前に遭遇した魔族の幹部ですら、これには及ばない。
「はっ、面白（おもしろ）いではないか！」
しかし、気圧（けお）されたからといって素直に引くようなライザではなかった。
彼女はゆっくりと立ち上がると、剣を構える。
その眼に浮かぶ感情は、恐怖でも絶望でもなく喜びであった。
自分より強い存在に挑戦したいという剣士の本能が、生理的な恐怖をも上回ったのだ。
「はあああぁっ!!　天斬（てんざん）・滅竜撃（めつりゅうげき）!!」
巨大なオーラを纏い、最初から全力の攻撃を放つライザ。
こうして竜の王と剣聖の戦いが始まるのだった――。

――○●○――

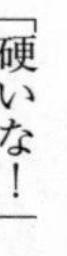

「硬いな！」

ライザの放った渾身の斬撃。
山をも切り裂くそれを受けてなお、竜の王は平然としていた。
鱗の一部に白い痕が残ったが、せいぜいかすり傷といったところ。
全身が金剛石でできているかのような、恐るべき頑強さだ。
「ならば、何度でも斬るのみ！」
一度でダメならば二度やればいい。
ライザは傷が浅いことを確認すると、同じ場所を狙ってもう一度斬撃を放った。
――キシィンッ!!
激しい金属音、飛び散る火花。
青白い軌跡は正確無比に傷痕を穿つ。
これには流石の竜の王も、いくらか痛みを覚えたのだろう。
ライザを睨みつけると、忌々しげに眼を細める。
ようやく、眼の前に立つ剣士のことを自身の敵であると意識したようであった。
「グオオオォッ!!」
「遅いっ!!」
放たれたブレスを、ライザは宙に跳んで回避した。
そのまま空を駆け抜けて、彼女は一気に王の懐へと飛び込む。

そして三度、同じ場所を斬った。

するとそれまで攻撃に耐えていた鱗が、とうとう割れて血が噴き出す。

ライザの圧倒的な技量が、王の鱗に勝った瞬間であった。

しかし――。

「……まずいな」

右腕の筋肉が攣って、微かに震え始めた。

剣の方にも相当な負荷が掛かっているようで、刃こぼれしてしまっている。

ライザの技量をもってしても、竜の王の鱗を斬ることはそれだけ困難なことだったのだ。

「次に賭けるしかないな」

今の状況からして、本気の攻撃を出せるのはあと一回が限度。

ライザはそう判断すると、身体の底から気を絞り出した。

「グルルル……！」

ライザの全身から青白いオーラが噴き上がり、王もその力に刮目した。

さらに瞳を閉じて、意識を集中させる。

最大の一撃を繰り出すため、ライザの感覚が毛先に至るまで研ぎ澄まされる。

だがここで、予想外の出来事が起こってしまった。

「グア……？」

王の視線がふと、街の一角に注がれた。
変化を察したライザは攻撃を中断すると、王が何を見ているのかと振り返る。
するとそこには、大きな包みを抱えたニノの姿がある。
瓦礫にうまく隠れて移動していたようだが、王の眼は誤魔化せなかったようだ。
「あれは………まさか、聖剣か!!」
ニノが抱える細長い布の包み。
形からして、中には剣が入っているようであった。
ニノが必死で運ぶ剣など、この世に一振りしかない。
ラージャから修理を終えて運ばれてくるはずの聖剣だけだ。
「グオオオオォッ!!!!」
聖剣の気配に気づいたのであろうか。
王は咆哮を上げると、即座に攻撃態勢に入った。
口元に魔力が集中し、たちまち燃え盛る火球が出来上がる。
――もしあれがニノに当たれば、ひとたまりもない。
ライザはやむを得ず、攻撃するタイミングを早める。
「はあああぁっ!!　天斬・滅竜撃!!!!」
三度放たれた斬撃。

鱗が裂け、とうとう刃が肉に食い込む。
赤い血が激しく噴き出し、王が激痛に喘いだ。
ブレスを中断した王は、激しくのたうち回る。
だが……。
「くっ……!!　ここまでか！」
攻撃を早めたことが、やはり仇となった。
完全に押し切ることができず、ライザはやむを得ず離脱を図る。
しかし、力を使い切った身体は彼女の予想以上に動かなかった。
深く食い込んだ剣を抜くのに、少しばかり手間取ってしまう。
するとそれを好機と見た王は、彼女の身体を容赦なく手で払いのけた。
「かはっ!!」
吹き飛ばされ、近くの建物に叩きつけられるライザ。
瓦が跳ね上がり、身体が屋根にめり込む。
その衝撃で、手にしていた剣も吹っ飛んで行ってしまった。
まさしく絶体絶命といった状況だ。
「まずいな……逃げることすらできん……」
疲労と衝撃で限界に達した身体は、指一本動かすだけでもやっとだった。

屋根から飛び降りて逃げることなど、とてもできそうにない。

ポーションを飲むことすらできないような状態だ。

ライザはそんな自身にじわじわと距離を詰めてくる王の姿を見て、死を覚悟した。

すると自然に思考がクリアになり、不思議と晴れ晴れとした気分になる。

「最後の相手が竜の王か。格好はついたな……」

そう言って笑うライザに、王は容赦なく爪を振り下ろそうとした。

だがその瞬間、凄まじい雄叫びが響いてくる。

「やめろおおおぉッ!!!!」

声と飛来する斬撃。

それはちょうど、ライザが作った傷口に導かれるようにして入っていった。

第九話

王の再誕

「グオアアアアッ!!!!」

噴き出す血、轟(とどろ)く悲鳴、落ちる腕。

斬撃は見事に王の右腕を切り落とし、ライザ姉さんを窮地から救った。

「姉さんっ!!」

こうして一時的にだが安全が確保されたところで、俺(おれ)はすぐさま姉さんの元に駆け付けた。

そしてその身体を抱きかかえると、急いでポーションを飲ませる。

気力を使い果たした身体に、少しずつ熱が戻り始めた。

「……大丈夫だ、もう動ける」

「良かった。もうあんな無茶しないでくださいよ」

そう言うと、俺はライザ姉さんの身体を抱えて地上に降りた。

そして建物の陰に寝かせると、改めて王と対峙(たいじ)する。

するとここで、背後から少女の声が聞こえてきた。

「ジーク、これを!!」

「……っ!!」

声の主(あるじ)はニノさんであった。

俺は彼女から包みを受け取ると、中身を見て驚愕(きょうがく)する。

それは修理に出していたはずの聖剣であった。

「届いたんですか！」

「はい。ちょうどさっき届いて、何とか受け取ってきました」

「良かった、これがあれば……！」

剣を抜き放つ俺。

たちまち青白い刃が、陽光を反射して鮮やかに光るのだった——。

——○●○——

「……デカくなったな」

俺を見下ろす竜の王は、竜の谷で対峙した時よりも明らかに巨大化していた。

一時間にも満たないほどの間に、全長が三倍近くまで膨れ上がっている。

よくもまあこれだけの相手を、ライザ姉さん一人で抑え込んでいたものだ。

ただならぬ殺気が肌を刺し、立っているだけで全身が痺れそうになる。

だが、不思議なほどに恐怖は感じなかった。

聖剣を握っている影響か、それともあまりに恐ろしくて感覚が麻痺しているのか。

いずれにしても、俺にとっては好都合だ。

「ノア、一人で飛び出していかないでよ！」

「シエル姉さん！　良かった、ライザ姉さんとニノさんを頼みます！」

「ええっ!?　……しょうがないわね！」

後から追いついて来たシエル姉さんに、俺はライザ姉さんとニノさんを任せた。

シエル姉さんは少し戸惑いつつも、二人を連れて近くの建物の陰へと避難する。

そして大急ぎで、できるだけ強力な魔法結界を展開した。

あれならば、多少の余波ぐらいではビクともしないだろう。

「さて……。やりますか」

聖剣を構え、一気に王との距離を詰める。

それを迎え撃つべく、王は残った左腕を繰り出してきた。

しかし、その勢いは遅い。

右腕を切り落とされたダメージを、まだ引きずっているようだ。

――これはチャンスだ！

俺は隙をついて懐に飛び込むと、王の腹を斜めに斬り上げる。

「グアアアァッ⁉」

黒剣を弾き返した強靭な鱗。

それがわずかな手ごたえと共に、あっさりと割れて血が噴き出す。

「えええっ⁉」

こ、これが伝説の剣の力なのか⁉

黒剣とのあまりの違いに、斬った俺の方が驚いてしまった。

あの剣だって、隕鉄によって造られた名剣のはずなのだ。

それだというのに、これほどまでに違いが出てしまうとは……。

流石は神々の金属で造られているだけのことはある。

これまで、さんざん苦労して手に入れただけの甲斐があったというものだ。

「グオオオオォッ‼」

俺のことを、油断ならない敵と認識したのだろう。

竜の王の顔つきがにわかに変わり、赤い瞳の輝きが増していく。

攻撃の鋭さが増し、動きが一気に速くなった。

俺は繰り出される爪と尻尾を回避しながら、首の付け根にあるという逆鱗に狙いを定める。

恐らく、王を倒すだけならこの聖剣を用いれば十分に可能だ。

だが、俺が求めているのは王を正気に戻すこと。

それを実現するためには、竜の王の弱点である逆鱗(げきりん)から一気に聖の魔力を流し込むよりほかはない。

「どこだ……?」

しかし、その逆鱗の場所がなかなかわからない。

かなり限られた範囲のようで、遠目ではなかなか判別ができなかった。

あともう少し近づくことができれば何とかなるが、敵の攻撃が激しすぎて思うように接近できない。

ほんの一瞬でいい、何とか王の注意をそらすことができれば……!

俺がそう思った瞬間、ニノさんが結界の中から何かを投げてくる。

「あれは……そうか!」

砲弾にも似た黒くて丸い物体。

とっさにそれが何なのかを察した俺は、すかさず眼を閉じた。

刹那、炸裂(さくれつ)する光。

眼を閉じているというのに、視界が白く焼け付くかのようだ。

まともにそれを直視してしまった王は、たちまち悲鳴を上げる。

「よっし‼」

ニノさんの機転に、俺は思わず感謝した。

俺が困っているのを察して閃光弾を投げてくれたのだろうが、実にいい判断である。

王が視界を奪われているうちに、俺は距離を詰めて逆鱗の在り処を探った。

そして——。

「見つけた‼」

歪ながらも向きの揃った黒い鱗。

その中で一枚だけ、流れに逆らうように逆向きに付いた鱗があった。

しかも、他の鱗とは色合いもわずかに異なっている。

漆黒の中に紫を混ぜ込んだような、独特の深みのある色だ。

「うおおおおおっ‼」

聖剣に魔力を宿らせ、全力で突き刺す。

——バリンッ‼

たちまちガラスが砕けるような音がして、鱗が割れた。

それと同時に、邪悪な魔力が黒い瘴気となって噴出する。

どうやら導師は、この逆鱗を中心として王の身体に宿ったようだ。

「グラン・ルソレイユ‼‼」

今ここで、すべての魔力を出し尽くすしかない！

そう判断した俺は、使える中でも最大最強の出力を誇る神聖魔法を唱えた。

瘴気に吞まれながらも、俺は剣を通して魔法を王の体内へと流し込む。

聖と魔、光と闇。

相反する魔力が激しくせめぎ合い、たちまち衝撃で吹き飛ばされそうになる。

まるで、身体が内側から分解していくような感覚だ。

「ぐっ……!!　でも、負けられない……!!」

竜の谷で俺たちのことを待っているであろう、ゴールデンドラゴン。

その顔を思い浮かべると、ここで負けてしまうわけにはいかなかった。

加えて、チーアンの人々のこともある。

魔族によって穢されてしまった彼らの信仰であるが、ドラゴンそのものは悪ではなかった。

そのことを証明するためにも、王には何としてでも正気に戻ってもらわなければならない。

「ノアッ!!」

「ジークッ!!」

やがて俺の動きを見ていたシエル姉さんとニノさんが、こちらに声援を送ってきた。

それだけではない、遥か彼方からも声が聞こえてくる。

どうやら街の入り口付近にいる住民たちが、こちらを見て叫んでいるようだ。

こちらに向かって、大きく手を振るクルタさんたちの姿も見える。

――こうなったら、何が何でもやってみせる!!

俺は身体の奥底から魔力を絞り出すと、最後の止めとばかりに一気に流し込んだ。

そして……。

「グオオオオオオッ!!!!」

巨大な咆哮（ほうこう）を上げた王の鱗が、白く染まり始めたのだった。

――○●○――

「身体が……白くなった？」

闇を塗り固めたような黒金（くろがね）の鱗。

それが、さながら反転するかのように白く染まっていった。

死者を連想させるような骨張った痩身も、少しずつ肉付きが良くなっていく。

魔族の怨念が浄化されたことによって、急速に王が本来の姿を取り戻しつつあった。

やがてその瞳が青く染まり、清浄な輝きに満ちる。

「グオオオォォンッ!!」

天に轟く気高い咆哮。

それは、王が新生を果たしたことを世に宣言するかのようであった。

たちまち、まだ生き残っていたドラゴンたちが大地に降りて首（こうべ）を垂れる。

俺もまた王の背中を降りると、すぐに頭を下げた。

人間である俺ですら平伏してしまいそうなほどの覇気（はき）が、今の王には備わっていたのだ。

「……人間よ、我を浄化したのはそなたか？」

やがて重々しく響く声。

どうやら王も、母のゴールデンドラゴンと同様に人語を解するようだ。

俺はその問いかけに、静かに頷（うなず）く。

それを見た王は、周囲を見渡して深く息を吐いた。

「さようか。どうやら我は、ずいぶんと暴（あば）れてしまったようであるな」

「魔族のせいですから、仕方ありません」

「ふ、それも我が王として不甲斐（ふがい）ないせいよ。あの程度の邪気を跳ね返すことができなんだ」

そう言うと、王は力無く首を横に振った。

他のどの種族よりもプライドの高いドラゴンとしては、不覚を取ったことが痛恨の極みなのだろう。

しかし今は嘆くことよりも、優先しなければならないことがある。

「誇り高き竜の王よ。まずは谷に戻りましょう、お母上がお待ちです」

「おお、そうであった！　早く母の元へ帰らねばな」

極限まで消耗し、瀕死の状態になってしまったゴールデンドラゴン。

まずはその命が尽きてしまう前に、王を彼女の前に連れ帰らなければならない。

乗っ取られていた時の記憶も、わずかながらに残っていたのだろうか？

俺の提案に素直に頷いた王は、スッとこちらに手を伸ばしてくる。

「乗れ、ともに母の元へ参ろうぞ」

「……わかりました！」

「ちょっと待って、私も行くわ！」

ここで、結界から出てきたシエル姉さんが慌てて呼びかけてきた。

彼女もゴールデンドラゴンのことが気がかりだったようだ。

「でも、ライザ姉さんが……」

「それは私に任せてください」

いまだ怪我に苦しんでいるライザ姉さん。

その世話をニノさんが申し出てくれた。

こうして俺たちは王の背中に乗って、竜の谷へと戻っていく。

時間にしてほんの数分であったが、ドラゴンの背中で味わう風は何とも心地よかった。

「おお、まだ生きておられたか！」

いよいよ竜の谷の上空に着いたところで、王が喜色を浮かべた。

微かにだが、ゴールデンドラゴンの魔力を感じることができたのだ。

王はそのまま翼をはばたかせながら、ゆっくりと谷底に向かって降りていく。

やがて谷を覆う霧を抜けると、そこには頭を持ち上げてこちらを見るゴールデンドラゴンの姿があった。

「おお……！　まさか本当に戻ってくるとは、驚きじゃ……！」

「母上！　ああ、良かった!!」

王はゴールデンドラゴンに近づくと、その頭を優しく抱きかかえた。

感動的な親子の再会に、俺たちまで涙腺が緩くなってしまう。

自分でやると言ったこととはいえ、実現できて本当に良かった。

心の底から温かな感情が溢れてくる。

本当に、本当に良かった……！

隣を見れば、シエル姉さんもまたうっすらと涙を浮かべていた。

「……我が子よ。王となったそなたに、妾が最後に名を贈ろう」

「名でございますか？」

「そうじゃ。そなたの存在は唯一無二であるが、それゆえに名を与えられるものは限られる。

格というものが必要であるからの」

「ですが母上、そのようなことをすればお身体が……」

高位のモンスターにとって、名づけとは自らの力を分け与えるようなものである。

しかも、名を与える対象が強大であればあるほど与える側にも力が求められる。

今のゴールデンドラゴンの状態で、竜の王に名前を与えれば……まず間違いなく死ぬだろう。

だがそれでも、彼女は有無を言わさぬ口調で告げる。

「構わぬ、どちらにしても保って明日までよ。ならば最後に、母としての務めを果たさせて欲しい」

「……わかりました」

母の意を汲み取って、深々と首を垂れる王。

ゴールデンドラゴンは満足げに笑みを浮かべると、すうっと深く息を吸い込んだ。

そして厳かに、重みのある声で告げる。

「そなたの名は、グアン。その輝きをもって、竜族を導く者なり」

言い終わった瞬間、竜の王の身体が金色の光に包まれた。

それに合わせて、ゴールデンドラゴンの身体が光の粒子となって散っていく。

ゴールデンドラゴンが果てしない歳月をかけて蓄えた力と知識。

そのすべてが新たなる竜の王、グアンへと引き継がれた瞬間であった。

やがてゴールデンドラゴンの身体がすっかり風に消えてしまったところで、グアンは遥か天を仰ぐ。

そこには、チーアンの街から彼を追いかけてきた無数のドラゴンがいた。

「皆の者、聞け‼　我が名はグアン、新たなる竜の王だ‼」

こうしてララト山に、正式に新たなる王が誕生したのであった。

第十話　チーアンの宴

「ああ、うめえ！　こりゃたまんねーな！」

「おおー、豚の丸焼き！　初めて見た！」

事件の翌日。

新たなる竜の王の誕生を祝してチーアンの街では宴が開かれていた。

一連の騒動で街には大きな被害が出てしまったのだが、あえての開催である。

前向きに復興を進めていくためには、気持ちを盛り上げることも肝要なのだ。

「街の大部分が焼けちゃったけど、死者は出なかったそうよ」

「不幸中の幸いってやつですね」

「ええ。ついでに食料庫も無事だったから、こうやって宴ができるってわけね」

そうつぶやくと、大きな肉まんを口にパクンと放り込むシエル姉さん。

チーアンに滞在しているうちに、肉まんがすっかり好物となってしまったようである。

俺も彼女に負けじと、食卓に並んでいる豪華な食事に手を付けていく。

「どうですか？　みなさん、楽しんでますか？」

こうして俺たちが食事に夢中になっていると、メイリンが歩み寄ってきた。

宴のために、特別に用意してきたのだろう。

青い衣装は高級感たっぷりで、金糸で刺繍された花柄が美しい。

その変貌ぶりときたら、たった一日で大人になってしまったかのようだ。

「へえ、いい衣装じゃない！　似合ってるわよ！」

「うむ、女らしくていいではないか」

「これ、もともとはお母さんが着ていたものだそうです。お祖母ちゃんがタンスから出してくれて……」

母のことを思い出したのか、しんみりとした顔をするメイリン。

思い出に溢れた品というわけか。

ここぞという場面で着てもらえて、服もきっと喜んでいるだろう。

あのお祖母ちゃん、こういう部分はしっかりしているようだ。

「そういえば、一つ気になってたんだけどさ」

「何ですか？」

「どうして、メイリンの家だけ違う信仰が伝わってたんだろう？」

「え？　それは……」

クルタさんの素朴な疑問に、俺はすぐに答えることができなかった。

考えてみれば、どうにもおかしな話である。

二つの信仰が生まれた経緯については、ゴールデンドラゴンの話でおおよそ推測することができた。

だが、片方がメイリンの家にだけ残った理由はわからない。

普通に考えれば、一つの家族にだけ違う伝承が残り続けるなど不自然である。

「メイリンは、何か知ってますか？」

「さあ……？　言われてみれば不思議ですけど、考えたこともなかったですね」

「まあ、それが当たり前になっちゃうと理由なんて案外考えないのかも」

メイリン本人も知らないとなると、事情を知っていそうなのは彼女の祖母ぐらいか。

しかし、あいにく宴には顔を出していない。

怪我(けが)人の面倒を見ると言って、自ら参加を断ったのだ。

「……もしかして、だけどさ」

ここでシエル姉さんが、何かを思いついたような顔をした。

あまり大きな声では言いたくない内容なのだろうか。

彼女はクイクイッと手招きをして、俺たちに近づいてくるように促す。

こうしてみんなの距離が縮まると、シエル姉さんはゆっくりと語り出す。

「先代の竜の王を討とうとして、命を落とした人ってさ。王族だったかもしれないのよね？」

「ええ、確証はまったくないですけど」

「だとしたら、少しおかしいと思わない？　血筋が絶えることを何よりも恐れる王族が、命がけの依頼を何の保証もなく引き受けるかしら？」

「……確かに、ちょっと変ですね」

シエル姉さんの話を聞いて、俺は思わず唸った。

王族にとって、血筋の存続は何よりも優先される事項だ。

加護と引き換えとはいえ、そうそう簡単に命を投げ出すとも思えない。

「きっと、王家の血を引く人間は他にもいたのよ。そして彼らだけは、身内に起きた悲劇を正確な形で記憶しようとした。そう考えると、辻褄が合わない？」

「それって……！」

「ええ。メイリンの家は、もともと王族だったのかもしれないわ」

シエル姉さんの発言に、俺たちは驚きのあまり石化した。

異端の信仰を伝えるがゆえに、村で疎まれてきたメイリンの家。

それがまさか、王族の可能性があるなんて。

意外を通り越して、皮肉めいたものを感じてしまう。

メイリン本人も流石にないと思ったのか、顔を真っ赤にして否定する。

「あ、あり得ませんよ！　だいたい、うちがそんな家柄なら今までの扱いはおかしいです！」

「そこは、導師のせいじゃないかしら？　自分の求心力を高めるために、長い時間をかけて王家の権威を失墜させたのよ」

「そう言われると、あり得なくもないね……」

「まあ、あくまで推測だからどこまで正しいかは保証できないけどね」

そう言って、話を締めくくるシエル姉さん。

仮にこれが事実だったとしても、今から千年近くも前のことである。

恐らく証拠などまったく残されてはいないだろう。

すべての真相は、既に闇の中だ。

「……それよりも、重要なのはこれからだな。街の連中とは仲直りできそうなのか？」

ここで、ライザ姉さんが話題を切り替えた。

するとメイリンは、うーんと困ったような顔をする。

長年のわだかまりは、そうそう簡単には解けてくれないようである。

「前と比べると、みんな優しくはしてくれるんですけど……。なんかこう、ぎこちない感じがしちゃいますね」

「少しずつ慣れていくしかないかもしれないわねえ」

「ええ。時間もありますし、ちょっとずつ頑張ります！」

そう言って、気丈な笑みを見せるメイリン。

するとここで、どこからかドーンと豪快な打楽器の音が聞こえた。

それにあわせて、薄衣を着た少女たちが次々と姿を現す。

「おお、舞か？」

「ほう、大したもんじゃねえか」

色鮮やかな幟（のぼり）を手に、しなやかな踊りを披露する少女たち。

その練度は高く、一糸乱れぬ動きは実に見事。

王都の華やかな舞台にも、引けを取らないほどの完成度だ。

これほどの舞が見られるとは、全く思ってもみなかった。

「竜王様に奉納する踊りです！　ふふふ、すごいでしょう！」

腰に手を当てて、ちょっぴり自慢げな顔をするメイリン。

この舞のことが好きなのか、彼女はそのまま語り始める。

「この街に住む女の子は、十三歳になるとみんな舞を習うんです。私もお母さんから、みっちり教えられたんですよ。……披露したことはないですけど」

「へえ、ならちょうどいいじゃない。メイリンも交じってきたら？」

「え、ええっ⁉」

「街の人たちと仲良くしたいんでしょう？　だったらちょうどいい機会だと思うわよ」

「でも、そんな……」

メイリンは顔を真っ赤にすると、スッと身を引いてしまった。

あまりにも急なことに、心の整理がとても追いつかないのだろう。

彼女は助けを求めるように、フラフラと視線を彷徨わせる。

すると意外なことに……街の人々は、彼女に対して好意的な意見を言う。

「いいんじゃないかい？」

「そうだなぁ、せっかくの宴だしな」

「メイリンちゃんにも、楽しんでほしいからねえ」

こうなってしまっては、覚悟を決めるよりほかはない。

メイリンは胸を手で押さえると、すうっと大きく息を吸い込んだ。

そして、ゆっくりと大きな声で告げる。

「わ、私も参加させてください！」

こうして、メイリンは少女たちの輪へと加わっていった。

そして黄色の幟を手にすると、それをたなびかせながら一心不乱に踊り始める。

「おお……！」

風を孕んだ長い幟は、さながら大きな蛇のようだった。

それを手にして舞うメイリンの動きは、優美にして華麗。

他の少女たちと比較しても、練度が際立っている。

恐らくは、異端の家の子として舞を披露する機会には恵まれなかったのだろうが……。

その完成度の高さを見る限り、相当な修練を重ねてきたようだ。

メイリンの生真面目な性格が、繊細な動作の端々に現れているかのようである。

「……ありがとうございました！」

舞を終えて、深々と頭を下げるメイリン。

たちまち、住民たちは立ち上がって拍手をした。

俺たちもまた、食事の手を止めてメイリンに拍手を送る。

そこかしこから歓声が沸き上がり、メイリンは照れくさそうにはにかむ。

やがて舞台の端から現れた男が、メイリンに声を掛けた。

「メイリンよ、少しいいかね？」

彼の姿を見た街の住民たちが、おおっと大きくどよめく。

どうやら相当に地位の高い人物であるらしい。

身なりも整っていて、豊かに蓄えられた髭が上品だ。

「町長……！」

「導師の件については、既に聞き及んでおる。魔族に騙され続けていたことを、街の代表者として恥ずかしく思う」

そう言うと、町長は大きく息を吸い込んだ。

一拍の間。

にわかに静寂が満ちて、周囲が緊張に包まれた。

そして――。

「君たちの家には、申し訳ないことをした。チーアンの代表として、詫(わ)びさせてほしい」

「………ありがとうございます」

深々と頭を下げる町長。

その謝罪を、メイリンはしっかりと受け取った。

笑顔の奥に、きらりと涙が光る。

万感の思いが込められたそれは、紛れもないうれし泣きであった。

「こりゃ、歴史的な和解だな」

「ええ！　これで一安心ですね！」

もう、メイリンの家が街の人たちから差別されることもないだろう。

ほっと肩の荷が下りるような思いだった。

クルタさんに至っては、すっかりもらい泣きしてしまっている。

彼女自身、幼い頃に故郷を滅ぼされて肩身の狭い思いをしてきた。

メイリンの境遇と、何か重なり合うものがあったのかもしれない。

「……さあ、気を取り直して宴の続きをしましょう！」

パンッと手を叩き、晴れやかな顔で告げるメイリン。

するとここで、広場に彼女の祖母が姿を現した。

怪我人の治療が、想定していたよりも早く終わったらしい。

その姿を見た街の住民たちは、すかさず老婆を宴席の中心へと引っ張り込む。

「おやおや、いったい何だい？　こんなに大騒ぎして！」

「お祖母ちゃん……！　私たち、許されたんですよ！」

「え？　どういうことだい？」

戸惑う老婆に、すぐさま事情を説明するメイリン。

こうして詳しい話を聞いた老婆は、ほうほうと満足げに笑みを浮かべる。

「そういうことかい。なら、あたしも久しぶりに飲ませてもらおうかねぇ」

「え？　お祖母ちゃん、お酒飲めたの⁉」

「当たり前さね。いつもは控えてるだけだよ」

そう言うと、すかさず食卓に置かれていた徳利を手にする老婆。

彼女は盃(さかずき)になみなみと酒を注(そそ)ぐと、景気よく一気飲みをする。

年齢と外見に似合わぬ、驚異的な飲みっぷりだ。

「さあ、あんたたちも飲みな！　今日は祝いだよ！」

「おおーー‼」

掛け声に応じて、酒を飲み始める街の住民たち。

ちょうどその時、街の上空を巨大な影が横切っていった。

その白く輝く翼は、間違いなく竜王グアンのものである。

王の思わぬ来訪に、いっそう場が盛り上がる。

「よっし、朝まで飲むぞー!!」

「うむ！　ノアも飲め！」

「飲めませんてば！」

こうして、にぎやかな宴の夜は更けていったのであった。

第十一話　栄光のAランク

「一時はどうなることかと思ったが、何とか片付きましたね」

事件からおよそ一週間。

チーアンを後にした俺たちは、ラージャに向かう馬車の中にいた。

本当はもう少し復興を手伝いたいところではあったが、なにぶん、宿屋が焼けてしまったのである。

大人数で誰かの家に居候するのも気が引けたので、少し早めに出立したのだ。

「そういえば、竜の王って結局どうなったの？　街に飛んできてたけど……」

「ララト山を守護していくそうですよ。人間とも仲良くしたいとか」

次世代の竜王として、名乗りを上げたグアン。

彼はその場で、街を守護することを俺と姉さんに約束したのだ。

暴れてしまった負い目もあったのだろう、王とは思えぬほどに丁寧な態度だったことを覚えている。

「へえ、それならチーアンの街は安心だね」

声を弾ませて、うれしそうな顔をするクルタさん。

ドラゴンの群れによって荒らされてしまった街のことを、彼女も心配していたのだろう。

するとさらにシエル姉さんが、微笑みながら言う。

「ついでに、友好の印としてドラゴンの鱗(うろこ)を山ほど贈ったそうよ。たぶん、街を復興しても余りが出るんじゃないかしら？」

「ド、ドラゴンの鱗と言ったら黄金より価値がありますよ！　それを、山ほど……！」

「そ、それ！　いったいいつの話だ？」

「宴(うたげ)が始まるちょっと前の話よ。それがなかったら、いくらなんでもあの状況であそこまで盛大な宴はできないわよ」

「……どうりで、みんな景気よかったはずだぜ」

大金を得た街の住民たちを、少し羨(うらや)ましく思ったのだろうか。

ロウガさんは何とも言えない表情で言った。

今回に関しては、サポートがメインでロウガさんたちは報酬も少なかったしなぁ。

「ま、街の人はそれよりも王の誕生を喜んでるみたいだけどね」

笑いながら告げるシエル姉さん。

魔族によって誘導された結果とはいえ、千年近くにもわたってドラゴンを信仰してきた人々である。

新たなる王の誕生は、彼らにとっては何よりも喜ばしいことだったのだろう。

街の復興が終わったら、王を祀るための大きな社を作るという話も聞いている。

「社の建築には、メイリンたちも関わるそうですよ。何でも、あの家の倉庫にいろいろと古い資料が残っていたとか」

「それを聞くと、やっぱり王族説は正しかったのかしら？」

「さあ、それはなんとも。でも、いいことじゃないですか」

「ええ、まさに大団円って感じだわ。……あのゴールデンドラゴンのことは、ちょっと残念だけどさ」

ゴールデンドラゴンが亡くなった時のことを思い出したのだろうか。

シエル姉さんは、少ししんみりした顔でそう言った。

確かに、あのドラゴンの死にざまは今でも忘れることができない。

せめて、天国に行ってくれているといいのだけれども。

こうして、しんみりとした顔で黙ってしまう俺とシエル姉さん。

すると見かねたライザ姉さんが、俺たちを元気づけるように箱から饅頭を取り出して言う。

「そう暗い顔をするな。ほら、食べるか？」

「別にいらないわよ。というかライザ、あんたさっきから食べすぎじゃない？」

「む、そうか？　メイリンから貰った土産がうまくてな、つい」

「あっ！　あんなにあったのがもう無くなってる！」

メイリンがお土産として渡してくれた饅頭。

大きな重箱いっぱいに納められたそれは、俺たち六人で分けてもたっぷりあるはずだった。

しかし、ニノさんが箱を開けてみるともうほとんど残っていない。

いつの間にかライザ姉さんが食べてしまったようだった。

「ははは……すまんすまん。それより、依頼はこれで達成ということでいいのか？」

バツが悪そうな顔をすると、ライザ姉さんは無理やりに話題を切り替えた。

それに対して、シエル姉さんは軽い調子で返事をする。

「ええ、もちろん！　けど、説明するのが厄介だわ……」

「ゴールデンドラゴンの討伐に行ったはずが、竜の王の誕生とか大変でしたもんね」

「結局、魔結晶は汚染されてて使い物にならなくなってたし。今から頭が痛いわよ」

あー、そういえばシエル姉さんは強奪された魔結晶の回収も仕事だったっけ。

あれは魔族が邪悪な魔力をたっぷり蓄えたせいで、完全にダメになっちゃってたんだよな。

浄化も試みたが、性質そのものが変化してしまっていて手が付けられなかった。

これはこれで研究対象になるとか、シエル姉さんは言っていたけれど……。

あれだけの大きさの魔結晶が失われたとなると、いったいどれほどの損失なのか。

俺が被害を被ったわけではないが、想像するだけでも恐ろしくなってしまう。

「まぁなんだ、ノアの昇級は確実だろう。手にした聖剣をすぐ使いこなせるとは、流石の私も思わなかった」

「そうねぇ、魔力も前に比べて伸びたんじゃない？　グラン・ルソレイユなんて使えなかったでしょ」

「ええ、経験を積んだおかげだと思います」

「ジークって修行熱心だしねー」

このこのっと肘で小突いてくるクルタさん。

改めてそう言われると、何だか照れくさくなってしまう。

俺が修行熱心なのは、単に習慣として身体に染みついてしまっているだけだからなぁ。

暇な時間があると、どうにも落ち着かなくて身体を動かしてしまうのだ。

「こうなってくると、いよいよお前に……。いや、まだ早いか」

「何ですか？　途中で切られると気になるんですけど」

「何でもない、気にするな！」

ぶんぶんと首を横に振るライザ姉さん。

いったい何なのか気になるが、こういう時の姉さんは聞けば聞くほど答えてくれないからな。

後から言ってくれるのを期待して待つしかないか。

「まあ、鍛えておかないと不安ですし。真の魔族とかいうのも出てきちゃいましたから」

「そうね、私もあいつにはちょっと苦戦したわ」

「魔界の方だけでもヤバそうだってのに、勘弁してほしいもんだぜ」

「報告を終えたら、すぐ家に戻って姉さんたちにも報告しとくわ。ファムなら何か知ってるかもしれないし」

眉間に皺を寄せ、渋い顔でつぶやくシエル姉さん。

それだけ、真の魔族が厄介だということだろう。

「あ、見えてきましたよ！」

こうしているうちに、草原の彼方にラージャの街が見えてきた。

おお、やっと帰ってこれた……!!

心の底から安堵の感情が湧き上がってくる。

改めて実感したが、俺にとってラージャは既に第二の故郷のような場所となっていた。

一か月ほどしか離れていなかったというのに、どうにも懐かしい。

「やっと着いたね！　あー、長かった！」

「街のベッドで寝るのが、今から楽しみねー。肩がこっちゃった」

「俺は……」

「どうせまた、行きつけの店に行くんでしょう？　わかってますよ」

ロウガさんがまだ言葉を発しないうちに、ツッコミを入れるニノさん。

流石のロウガさんも、これにはもうタジタジだった。

おいおいと頭を掻く彼の姿を見て、俺たちは思わず笑ってしまう。

とにもかくにも——。

「無事に、帰ってこれましたね」

俺はそう、しみじみとつぶやくのだった。

——○●○——

「……またとんでもないことをやらかしてくれたな」

ラージャに帰ってきた翌日。

シエル姉さんから報告を受けたマスターは、そう言って呆れたようにため息をついた。

まあ無理もない、俺たち自身でもよく切り抜けてきたものだと思っている。

大陸中から集まったドラゴンの群れ、竜の王の誕生、真の魔族を名乗る者の暗躍。

どれ一つをとっても、普通なら一生に一度遭遇するかしないかの一大事である。

我ながら、よく帰ってこれたものだと思う。

「ひとまず、これでAランクは確定だろう。ライザも戦闘に参加したようだが、緊急事態だったようだしな。数日以内に本部から連絡が来るはずだ」

「おおお……!!　とうとうですか！」

「お前さんなら大丈夫だと思うが、気を引き締めてくれよ」

そう言うと、マスターは引き出しから薄い冊子を取り出した。

その表紙には、大きく『高位冒険者規約』と記されている。

どうやら、Aランクにもなるとこれまでとは異なる規約が適用されるらしい。

「あとで目を通しておいてくれ。そこまで大きな変更はないがな」

「ありがとうございます！」

「わからないことがあれば、クルタに聞くといいだろう。あと俺が言っておくべきなのは……」

「指定依頼についてじゃないかな？」

「ああ、そうだった！」

クルタさんの指摘に、ポンッと手を打つマスター。

彼は軽く咳払(せきばら)いをすると、改めて俺の方を見る。

「基本的に、ランクが上がれば上がるほど冒険者は特権を得られるようになっている。だが、それと同時に義務も発生するようになっていてな。それがAランク以上に課される指定依頼だ」

「えっと、指定ということは依頼をこなすことを強制されるとかですか？」

「ああ、察しがいいな。これはギルドが特定の顧客に与えている権利の裏返しみたいなもん

一定以上の大口支援者には仲介料無料で依頼を出す権利をあげてるの」

「冒険者ギルドはね、運営のためにさまざまな組織や個人から支援金を集めてるんだ。それで、

いったいどういうことなのかと思っていると、マスターに代わってクルタさんが語る。

権利の裏返し？

だ」

「へえ……」

「しかも、その依頼のランクや参加する冒険者は支援者側が好きに指定できるってわけ」

なるほど、それは結構大きな特典かもしれない。

普通、依頼のランクについてはギルド側の専権事項となっている。

そのため、ランク指定について依頼人側が口を挟むことはできなかった。

さらに参加する冒険者についても、すべてギルド任せだ。

金をドーンと積んだからといって、簡単な護衛依頼にSランクを付けてもらうなどは難しいのである。

「一応、今回の依頼も指定依頼扱いだったりするわよ」

「え？　シエル姉さんも、ギルドを支援とかしてたんですか？」

「まあね、枠は持ってるわ。今回に関しては、ほとんどアエリアの政治力のおかげだけど。まだAランクになってないノアを指定するのは、結構大変だったみたいよ」

あー、アエリア姉さんか……。

フィオーレ商会なら、冒険者ギルドにもたくさん寄付していそうだよなぁ。

基本的に、アエリア姉さんはそういうことに関して金払いが良い方だし。

王国にも税金とは別にいろいろ支援などしていたはずだ。

「ちなみにだけどね。私たちはライザ以外、全員が枠を持ってるからそのつもりで」

「げっ⁉　ということは、俺が姉さんたちの依頼に呼び出されるかもってことですか？」

「まずそうなるというか、そうしようって流れになってたわね」

「……………あの、昇級って辞退できますか？」

思わず俺がそう尋ねると、マスターはブンブンと首を横に振った。

その勢いときたら、首がもげてしまうのではないかと心配になるほどだ。

やっぱり、それはできないのか……。

まあもともと、俺のランクが低すぎるってことが発端だったしな。

このままDランクに居座られても、ギルドとしていろいろ困るのだろう。

あからさまにランクと実力がズレてしまうと、面倒そうなのは容易に想像がつく。

「そういうことだから、まあ諦めなさいな」

「俺は、姉さんから離れられない運命なのかな……」

「ま、枠には限りがあるから。そんなに頻繁にではないだろうし、大丈夫じゃない？」

「そうだぜ！　ひとまずは、素直にＡランクになったことを喜んどけって」

そう言うと、俺の肩をバシバシと叩いてくるロウガさん。

そして彼は俺にそっと顔を寄せて耳打ちする。

「それに、Ａランクにもなればモテるぜ？」

「え、ええ……？」

「ギルドでも一握りしかいないエリートだからな。そこへ来て、ジークほど若いとなれば……選び放題だ」

ロウガさんにそう言われて、ちょっとばかり変な妄想をしてしまう。

たまらず、頬がカッと赤くなってしまった。

俺も思春期の男なので、そういったことに興味が無いわけではない。

素敵な女の子に言い寄られたら、きっといい気分だろう。

まして、選び放題……ねえ。

「……ノア？　何を考えているのだ？」

「わわっ！　べ、別に何でもないよ！」

「そう？　でれっとした顔してたわよ？」

俺に詰め寄ると、軽蔑するような眼で顔を覗き込んでくるシエル姉さん。

彼女だけではない、ライザ姉さんやクルタさんたちまでもが冷ややかな顔をしていた。

そ、そこまで非難されるようなことをしたか……？

男として健全な範囲だと思うのだけど……。

特にクルタさんの何とも言い難い眼差しを受けて、俺はすぐに話題を切り替える。

「と、とにかく！　Aランクになれて良かったです！　これからももっと精進します！」

「ああ、我々冒険者ギルドはこれからも君の働きに期待している」

「はいっ!!」

とにもかくにも、こうして俺は無事にAランク冒険者となったのだった――！

エピローグ

第九回お姉ちゃん会議

ウィンスター王国の王都。

その郊外に聳(そび)える城のごとき館に、またしても姉妹たちが集っていた。

そこには、ラージャから戻ったばかりのシエルの姿もある。

第九回お姉ちゃん会議の始まりだ。

みんな、ララト山で何が起こったのか気になっているのだろう。

和やかなお茶会であった前回とは異なり、みな緊張した顔をしている。

「まずはシエルの話を聞きましょうか」

「ええ。強奪された魔結晶を取り戻すために、私はノアの手を借りてララト山に向かったわ。そこで――」

事のあらましを淡々と説明していくシエル。

ドラゴンの群れの襲来から、竜の王の誕生に至るまで。

予想を超えた事件の大きさに、姉妹たちの顔つきが次第に険しくなっていく。

「最終的に、竜の王は正気に戻ったわ。真の魔族とかいうやつのせいで、すっごい大変だったけど」

「なるほど。しかし、真の魔族なんてわたくしも初めて聞きましたわね」

そう言うと、アエリアはファムに視線を向けた。

聖十字教団の代表である彼女ならば、何か知っているかもしれないと思ったからだ。

するとファムは、顎に手を当てて困ったような顔をする。

真の魔族という存在は、あいにく彼女の知識にもないものだった。

「私も知らない存在です。ですが、教団の大図書館にならば記録が残されているかもしれません」

「ならば、そちらの調査をお願いしますわ」

「わかりました、司祭たちにも声を掛けておきましょう」

「何かわからない資料とかあったら、私も協力するわ」

ファムに協力を申し出るシエル。

古代語の読解に長けている彼女が調査に加わるのは、ファムにとっても心強い話であった。

ひとまず、調査についてはこれで大丈夫だろう。

そう判断したアエリアは、話題を切り替える。

「真の魔族の件は、わたくしでも留意しておきましょう。それより、ノアの昇級は？」

「ああ、そっちも問題なく済んだわよ。これでAランクね」

「それは良かったですわ。これで……ふふふ」

先ほどまでの厳しい表情とは打って変わって、にやっと不敵な笑みを浮かべるアエリア。

その眼の奥には、何やら恍惚(こうこつ)とした光が宿っていた。

それを見たシエルとエクレシアが、たちまち声を上げる。

「あっ！　アエリア、枠が多いからって何度も依頼するのはなしよ！」

「特権濫用反対！」

「あら？　この世は所詮弱肉強食、持たざる者が悪いのですわ」

そう言うと、扇で口元を押さえて高笑いをするアエリア。

その悪徳貴族のような姿を見て、シエルはやれやれとため息をつく。

「ったく、そのうちひどい目に遭うわよ？　しっかし、あのノアがAランクか……」

「ついこの間まで、こーんな小さかったのが嘘(うそ)みたいですわねえ」

「ん、私より背も低かった」

「それ、何年前よ？」

エクレシアの話に、どっと噴き出してしまう姉妹たち。

ノアがエクレシアより小さかった頃など、もう七年か八年は前のことだった。

「でも、いよいよシエルはノアに超えられてしまったかもしれませんねぇ」

「私がノアに⁉　いくらなんでも、まだまだよ！」

「そうですか？　なら、シエルは竜の王を浄化できたと」

「それは……」

口をへの字に曲げて、不機嫌そうに黙り込むシエル。

彼女もグラン・ルソレイユの魔法を使うこと自体はできるが、あれほどの出力を出せるかは疑問だった。

実は潜在的な魔力量では、ノアの方がシエルよりも多いのだ。

しかし、姉としてなかなか素直にその事実を認めることができない。

魔法という分野において、ごく一部でもノアに超えられたのが悔しくて仕方ないのだ。

「………まあ、光魔法についてはね。他は別よ！」

「あ、認めた」

「意外ですわね、あんなに負けず嫌いなのに」

「う、うるさいわね！　いちいちそんなこと言わなくていいわよ！」

他の姉妹たちにからかわれ、プクッと頰を膨らませるシエル。

彼女はそのまま、フンッとそっぽを向いてしまった。

流石にちょっとやりすぎてしまったか。

そう考えたファムが、笑いながら彼女に告げる。

「まあまあ、喜ばしいことではありませんか。ノアが成長して」

「それは……まあそうだけど……」

「ノア、このまま成長してわたくしたちのところを去る？」

「そんなことはありませんわよ。私もいろいろと策を考えますわ。それに……」

「それに？」

何やら、もったいぶるような顔をするアエリア。

すかさず、姉妹たちが彼女に詰め寄る。

するとアエリアは、サッと一枚の紙を取り出す。

「ノアにはまだ、大きな試練が待ち受けていますわ」

そう言って、アエリアが姉妹たちに突き付けた紙。

そこには『第七十回エルバニア大剣神祭』と記されていた――。

おまけ

みんなへの贈り物

「あん？　クルタとニノに贈り物がしたい？」

ラージャに戻ってから、数日が過ぎた頃。

久々に休日を取った俺は、ロウガさんと共に食事に来ていた。

そこでこう切り出したのである。

苦労を掛けた割に報酬が少なかったクルタさんたちに、何か贈り物がしたいと。

今回の依頼において、クルタさんたちはあくまでサポート。

シエル姉さんの働きかけでいくらか色を付けてもらったものの、それでも十分な報酬が貰えたとは言い難い状態だったのだ。

「そうだな……。俺もニノはともかくクルタにはあんまり詳しくないんだが……」

「ロウガさん、女を口説くのは得意とか豪語してたじゃないですか。お願いします、知恵を貸してください！」

「そう言われるとなぁ……。よっしゃ、おじさんが一肌脱いでやろう！」

グッと腕まくりをして、やる気を出してくれるロウガさん。

彼は軽く腕組みをすると、うんうんと考え込み始める。

「そうだな、まずはニノだが……。あいつはキモカワ系が大好きだな」

「キモカワ、ですか?」

「ああ。この間、ラミア湖ででっけえカエルと戦っただろ？　あんなのが好きだな」

「あー、そういえば」

ロウガさんに言われて、俺はベルゼブフォの眷属（けんぞく）と遭遇した時のことを思い出した。

あの巨大なカエルを見て、ニノさんは言ったのである。

可愛（かわ）い、と。

今までは何かの聞き間違いだと思っていたが、そうではなかったようだ。

「俺も、あいつの部屋には何度か行ったことがあるが……。よくわからん置物とかが結構置いてあったぜ」

「へえ、ならぬいぐるみとかがいいですかね」

「そうだな、街の雑貨屋ならいろいろ良いものがあるだろ」

ひとまず、ニノさんへの贈り物は決まった。

続いてクルタさんの分なのだが……うう－ん……。

なにせ、彼女はAランク冒険者なのである。

欲しいものがあれば、既に自分で買ってしまっていることだろう。

「クルタさんは……何がいいですかね？　意外と、自分では買うのが面倒な実用品とかがいいですかね？」

「あー、やめとけ。そういうのは色気が無さすぎる」

「色気？」

「そうだ。クルタがジークから貰ってうれしいといったら……。ちょっとロマンチックで、それでいて意外性のあるものなんて良さそうだな」

何ともフワフワとしたアドバイスをしてくるロウガさん。

そう言われても、具体的に何を贈ればいいのかさっぱり思いつかない。

ロマンチックと言ってもなぁ……。

宝石やアクセサリーでも贈ればいいのだろうか？

けどそれだと、あまり意外性がないような気もしてしまう。

こうして俺が困っていると、ロウガさんが提案してくる。

「本なんてどうだ？」

「え？」

「クルタは意外と読書家みたいでな。ジークがおすすめの本をプレゼントすれば、きっと喜ぶと思うぞ」

「なるほど、本なら意外性もありますしロマンチックですね」

ロウガさんのアイデアに、俺はポンと手を叩いた。

クルタさんのツボをうまくついたプレゼントなのではなかろうか。

流石、大人のモテ男を自称するだけのことはある。

俺が感心の眼差しを向けると、ロウガさんは照れくさそうに頭を掻いた。

「なに、これぐらいは当然だ！　ジークにもそのうちわかるようになるさ」

「いや、俺なんかじゃとても。流石です！」

「ははは、それほどのことは……あるなぁ！　あはははは！」

そう言うと、ロウガさんは景気よくジョッキを傾けた。

なみなみと注がれていたエールが、あっという間になくなってしまう。

よほど機嫌がいいのだろう、まだ昼間だというのに素晴らしい飲みっぷりだ。

「……ところで、だ」

「はい？」

「ニノやクルタにあるんなら、俺にもあるんだよな？」

ニヤッと笑いながら、問いかけてくるロウガさん。

俺はすぐさま「もちろん」と頷いた。

ロウガさんにも、今回の依頼に当たってはいろいろとお世話になったのである。

贈り物を用意しないはずがなかった。

「もちろん、いいものを準備してますよ」

「ほう？　いったいなんだ？」

「それは後のお楽しみです。明日、仕事が終わったら渡しますから」

「よっしゃ、それじゃ楽しみにさせてもらうぜ」

こうして食事を終えた俺は、ロウガさんと別れてさっそく贈り物の準備をするのだった。


——○●○——


「ふー、今日もいっぱい働いたね！」

「ああ。これで当分は、森が荒らされることもねえな」

翌日。

仕事を終えて帰ってきた俺たちは、いつものようにギルド併設の酒場で食事をとっていた。

依頼が予想よりも早く終わったこともあって、みんなご機嫌だ。

「あの！　ちょっといいですか！」

「え、なになに？」

「この間の依頼でいろいろとお世話になったので……。みんなに贈り物を用意したんです」

「おおおおっ!!」

贈り物と聞いて、クルタさんの眼の色が変わった。

俺はすかさず、マジックバッグの中から一冊の本を取り出す。

『続・イルファーレン物語』と表紙に大きく記されたそれは、馬車でクルタさんが読んでいた作品の続編だ。

ちょうど、本屋で見かけたため購入してきたのである。

「ああっ！　これ、買おうと思ってたやつ！　しかも愛蔵用の豪華版だ！」

「お世話になりましたから、ちょっと奮発しました」

「ありがとう！　うふふ、これはすぐに読まなくっちゃ！」

「徹夜は控えめにしてくださいね、お姉さま」

興奮しきりといった様子のクルタさんに、やんわりと釘を刺すニノさん。

俺はマジックバッグの中から大きなゴブリンのぬいぐるみを取り出すと、今度はそれを彼女に手渡す。

「どうぞ、これはニノさんへです」

「……ゴブぞうくん⁉」

どうやらニノさんは、このぬいぐるみのキャラクターを知っていたらしい。

単に、キモカワ系と店員さんに聞いて買ってきたものだったのだが……。

たまたま、彼女のお気に入りのキャラものだったようだ。

ニノさんはゴブリンを模したぬいぐるみをしっかりと抱きかかえ、頬ずりをする。

その表情は、普段の冷静な彼女からは想像もできないほどに蕩けていた。

だがそこで……。

「はっ！ ……な、何でもありません！ これはありがたく受け取っておきましょう！」

不意に、冷静な表情に戻るニノさん。

彼女は雑念を振り払うようにぶんぶんと頭を振ると、そのままぬいぐるみをカバンにしまい込んだ。

「次はロウガさんですね。はい、どうぞ」

「んん？ これは……酒か？」

「はい、チーアンで見つけたお酒です。老仙酒と言って、酒造りが得意な仙人から製法を教わったものだとか」

「ほう、そいつはすごい逸話だな」

酒のたっぷり入った小さな甕。

厳重に封のされたそれを持ち上げると、ロウガさんは軽く揺らしてみた。

たちまち、ちゃぷちゃぷと心地よい水音が聞こえる。

「こりゃいい贈り物だ！ ジーク、感謝するぜ！」

「こちらこそ！ ロウガさんのおかげで、いい贈り物が選べましたよ」

こうして俺たちが和やかに談笑していた時であった。

いきなり、俺の肩がポンポンと叩かれる。

振り返れば、そこには満面の笑みを浮かべたライザ姉さんの姿があった。

「何やら楽しそうな話をしているではないか」

「あ、ちょうど良かった！　姉さんにも贈り物がありますよ」

「ふふふ、当然だな！」

そう言うと、誇らしげに胸を張るライザ姉さん。

今回の事件において、一番活躍したのは彼女と言っても過言ではない。

王にダメージを与え、ドラゴンを十頭以上も討ち取ったのだから。

まさしく剣聖の名を冠するにふさわしいだけの仕事ぶりだろう。

それだけに、たとえ身内といえどもきちんと贈り物は用意してある。

「さあ、いったい何なのだ？」

そう言って、ライザ姉さんは期待に満ちた眼差しを寄せてきた。

俺は再びマジックバッグを手にすると、その中から小さなガラス瓶を取り出す。

その中には、半透明の液体が半分ほど入っていた。

「どうぞ。香水です」

「む？　どうしてまた、香水なのだ？」

「ほら、姉さんって汗っかきじゃないですか。だからちょうどいいと思って」

俺がそう言うと、たちまちライザ姉さんの表情が凍り付いた。

あ、あれ……？　俺、何か変なことを言ったか？

予想外の反応に戸惑った俺は、ロウガさんやクルタさんに助けを求めて眼を向けた。

するとたちまち、それはないとばかりに冷たい視線が返ってくる。

「それはちょっと、ねえ」

「デリカシーが無いと思いますよ」

「その、なんだ。ライザの分も俺に相談すべきだったかもしれねーな」

みんなそれぞれに言葉を発すると、俺からそっと距離を取った。

そしてその直後――。

「……ノア。汗っかきの私に、ちょうどいいと言って香水を渡すということはだ。それはつまり、私が臭うということだな？」

「えっ⁉　いや、そんな意図はないよ‼」

本当に思っていなかったので、俺は慌てて首を横に振った。

しかし、もう既に手遅れ。

怒り心頭に発した姉さんは、凍てつくような恐ろしい笑みを浮かべて……柄に手を掛ける。

「そこに直れ、ノア！　手打ちにしてくれる！」

「ま、待って！　いくらなんでもそんな……！」

「問答無用！」

「ひ、ひぃぃっ‼」

大慌てでその場から逃げ出す俺。

結局その日の夜は、ずっと姉さんと追いかけっこをしたのだった。

あとがき

読者の皆様、こんにちは。

作者のkimimaroです、まずは本書をお手に取って頂きありがとうございます。

早いもので、家で無能シリーズも6巻目を迎えることが出来ました。5巻の壁を超えてシリーズを継続できたのは、ひとえに読者の皆様のおかげです。小説はもちろんのこと、コミカライズも順調に進んでおりましてとてもありがたい限りです。

さて、今回のお話は、ファンタジーでは定番のドラゴン討伐。ジークとその仲間たちが強大な竜の王と戦います。姉妹の出番が一巡した後の構想についてはいろいろと悩んだのですが、結局は王道の流れに収まりました。ジークたちの冒険と戦いを、ぜひ楽しんでいただけたらと思います。

今回ももきゅ先生が戦闘シーンを口絵として描いてくださったのですが、いつにもまして素晴らしい迫力のあるイラストが出来上がりました。まずはぜひそちらをご覧ください！　送られてきた画像を見た際に、私も思わず「おぉ！」と声が出たほどです。

また、舞台となる街が中華風の文化ということで素敵なチャイナドレスも描いていただきました。こちらも非常に可愛らしい仕上がりですので、ご覧いただけると幸いです。ライザとシエルがチャイナドレスを着たのですが、特にライザの方は健全な色気で個人的にも好みです。

最後に、編集部の方々をはじめ本書の流通にかかわる方々すべてにこの場を借りて感謝を。本書がこうして無事に読者様の手元に届いているのも、皆様のおかげです。大変ありがとうございました。

二〇二三年　一月

ファンレター、作品の
ご感想をお待ちしています

〈あて先〉

〒106－0032
東京都港区六本木2－4－5
ＳＢクリエイティブ（株）
ＧＡ文庫編集部 気付

「kimimaro先生」係
「もきゅ先生」係

本書に関するご意見・ご感想は
右の QR コードよりお寄せください。

※アクセスの際や登録時に発生する通信費等はご負担ください。

https://ga.sbcr.jp/

家で無能と言われ続けた俺ですが、世界的には超有能だったようです6

発　行　　2023年2月28日　初版第一刷発行
著　者　　kimimaro
発行人　　小川　淳

発行所　　SBクリエイティブ株式会社
〒106-0032
東京都港区六本木2-4-5
電話　03-5549-1201
03-5549-1167(編集)

装　丁　　AFTERGLOW

印刷・製本　中央精版印刷株式会社

ISBN978-4-8156-1778-3
Printed in Japan　GA文庫

試読版は
こちら!

陽キャになった俺の青春至上主義

著：持崎湯葉　画：にゅむ

【陽キャ】と【陰キャ】。

世界には大きく分けてこの二種類の人間がいる。

限られた青春を謳歌するために、選ぶべき道はたったひとつなのだ。

つまり——モテたければ陽であれ。

元陰キャの俺、上田橋汰（うえだきょうた）は努力と根性で高校デビューし、陽キャに囲まれた学校生活を順調に送っていた。あとはギャルの彼女でも出来れば完璧——なのに、フラグが立つのは陰キャ女子ばかりだった!?　ギャルになりたくて髪染めてきたって……いや、ピンク髪はむしろ陰だから！　ＧＡ文庫大賞《金賞》受賞、陰陽混合ネオ・アオハルコメディ！　新青春の正解が、ここにある。

試読版は
こちら!

ヴァンパイアハンターに優しいギャル

著：倉田和算　画：林けゐ

「私は元、ヴァンパイアハンターだ」「……マジ？」

どこにでもいるギャルの女子高生、琉花のクラスにヤベー奴が現れた。

銀髪銀目、十字架のアクセサリーに黒の革手袋をした復学生・銀華。

その正体は、悪しき吸血鬼を追う狩人だった。銀華の隠された秘密を琉花は偶然知ってしまうのだが――

「まさか、あんた……すっぴん!?」「そうだが……？」

琉花の関心は銀華の美貌の方で!?　コスメにプリにカラオケに、時に眷属とバトったり。最強ＪＫには日常も非日常も関係ない。だって――あたしらダチだから！　光のギャルと闇の狩人が織り成す、デコボコ学園(非)日常コメディ！